Biographie d'un sexe ordinaire

Macha Méril

Biographie d'un sexe ordinaire

Albin Michel

22, rue Huyghens, 75014 Paris
www.albin-michel.fr
ISBN 2-226-13689-4

La première fois que j'ai pris conscience d'avoir un sexe, ce fut à l'âge de huit ans, quand un ouvrier espagnol ou portugais, que je saluais tous les jours en allant et en rentrant à pied de l'école communale, m'entraîna dans le sous-sol de la maison en construction à côté de chez nous. Il releva ma jupe, tira ma culotte Petit Bateau et se mit à me caresser entre les jambes en disant avec son accent du Sud : « C'est bon, hein, tu vois comme c'est bon. »

Je me souviens très nettement de son doigt rugueux passant entre les lèvres de mon sexe imberbe, et de l'impression illuminante et pas forcément agréable de comprendre enfin à quoi servait ce recoin de mon corps dont j'avais bien senti qu'il constituait un nid de révélations, d'interdits et de pouvoir.

Je ne pense pas que le pauvre Mario ait eu l'intention de me violer ou de m'enlever, il voulait simplement toucher le con d'une petite fille, sans doute parce qu'il ne pouvait approcher celui d'une jeune fille ou d'une femme. Je suis de nature indulgente et je n'ai pas cru bon de raconter l'affaire à ma mère, bien que je me fusse enfuie, terrorisée, en me dégageant rapidement des bras du maçon. J'en perdis une moufle que je retrouvai le lendemain sur un pilier de notre grille d'entrée.

Mon calme retrouvé, l'événement m'avait paru du plus haut intérêt et digne du secret. Loin de me choquer ou de me traumatiser, la découverte du désir brut des hommes crevait un mystère et donnait à mon petit sexe une existence officielle, une vie propre, un destin dont j'aurais la charge toute ma vie. On avait appuyé sur un bouton qui faisait la lumière, c'était désormais clair en moi. L'enjeu serait de savoir utiliser cette fonction nouvelle, d'en pâtir la rudesse, la finesse et le danger. L'idée de plaisir était très éloignée, pour ne pas dire absente, mais la curiosité pour l'univers qui s'ouvrait était intense. C'était une histoire personnelle, je n'avais ni à la partager ni à la commenter. Confusément je sentais que j'aurais menti si je l'avais relatée. Je l'aurais travestie, édulcorée, pour ne pas inquiéter, pour ménager ma liberté future. Ce silence fut mon premier geste de femme.

J'étais enfin une fille. Sur ce plan-là, j'étais attardée. Les autres petites filles apprennent leur féminité en jouant au docteur avec des petits garçons. Moi, je pratiquais ces jeux avec innocence, sans une ombre de perversité. J'étais réellement le docteur ou la malade, et d'ailleurs toutes ces simulations me semblaient assez ennuyeuses, autant que de donner de faux biberons aux poupées, ou de faire la cuisine avec du sable et des cailloux dans des dînettes. J'attendais avec hâte qu'on me confiât une vraie casserole, avec de vrais œufs et de la vraie pâte à crêpes.

Le doigt du maçon non désiré qui trouva son chemin sur le compte de ma surprise et de ma timidité enfantine préfigurait tous les sexes, toutes les mains, et les bouches qui allaient se succéder sur ce triangle étroit, doté d'une sensibilité spécifique, d'une volonté, d'une dynamique impérieuse, précise et surprenante. La vie commençait en quelque sorte. Si selon Platon tout est politique, je pense, avec Freud et ses successeurs, que tout est sexe. Même la politique. On naît avec un sexe, on croît avec son sexe, on agit dans le périmètre du rayonnement sexuel qui nous est alloué. On connaît l'extase et l'inspiration par le sexe. L'ambition est tapissée de vœux sexuels. On est relié aux autres par le sexe, en amour, en amitié, en sympathie ou en répulsion. Nous dégageons des ondes magnético-sexuelles qui guident chacun de nos pas. On le sait déjà pour les baleines et les fourmis, on ne tardera pas à le démontrer scientifiquement pour les humains.

La découverte était de taille. Entre mon état précédent de petite fille insouciante et mon état soudain de jeune vierge affublée d'un sexe, s'était glissée tout bonnement la conscience. Je n'étais plus un petit animal qui se plaisait à contempler sa joliesse dans les miroirs, avec la vanité creuse des enfants, j'étais un objet de désir, donc une question quelque part attendait ma réponse. On me demandait de participer à une activité sérieuse qui engageait le cœur de ma personne. *Mon intimité*. Un mot difficile qui n'avait eu jusque-là aucun sens, une abstraction qui prenait chair et se révélerait la plus brûlante équation de la vie.

Qu'allais-je faire de ce con ? Qui gouvernerait, entre lui et moi ? N'étions-nous pas gouvernés tous deux par une vague déferlante : l'irruption de mon identité ?

Les grandes interrogations se présentent très tôt, on est incapable de les formuler pendant longtemps. Mais il y a un âge jubilant où les données emmagasinées s'ordonnent, se mettent en perspective. Je suis à cet âge-là, et c'est pour cela que j'ai entrepris de tenter une biographie de mon sexe, avec le recul de la lucidité mais, je le constate, toujours la même vive curiosité. La mort, ce doit être la fin de cette curiosité. Le sexe est donc la vie. Je veux écrire pour la vie.

1.

Un matin suisse sur le lac de Thun, le soleil ne s'est pas levé comme les autres jours. J'étais en vacances chez des amies de ma mère, la comtesse de B. et ses filles. La propriété de cette vieille famille vaudoise ressemblait pour moi au château d'un conte de fées : hautes tours recouvertes de vigne vierge, perron imposant, grand escalier flanqué de lions, le pied hautain posé sur une boule, terrasse en gravier qui s'étoilait en allées entre les pelouses vers le parc, vers la roseraie, le tennis et la piscine enfouis derrière des haies touffues.

On m'avait invitée pour faire une bonne action... ces pauvres Russes ont tout perdu avec la Révolution, on peut les soulager du poids des vacances de la petite sauvageonne à cheveux longs que j'étais, habillée pour l'occasion en héroïne vaincue de Tchekhov, espadrilles, jupe à fleurs et chemisier blanc. Malheureusement mes tresses se défaisaient constamment et je courais derrière les chiens une natte dénouée, l'autre chancelante, en m'égratignant les genoux sur les bancs de pierre et les cailloux pointus quotidiennement retournés par le râteau impitoyable du jardinier. À treize ans et demi, on n'est ni un garçon, ni une fille, ni un enfant, ni une jeune fille destinée à se transformer en femme, puis en mère de famille, et qui sait, en comtesse. L'héritier des de B., fils unique de l'aînée des sœurs de B., avait mon âge. Il était très myope et son français souffrait d'un pesant accent suisse allemand. On avait pensé qu'un été avec une Parisienne aurait corrigé ses inflexions germaniques et la lenteur de sa diction. D'une pierre deux coups, pourquoi ne pas se faire du bien en faisant le bien : la petite Marie-Madeleine est dans le besoin, elle a perdu son papa quand elle était toute petite, sa maman est vraiment une grande dame, mais tellement démunie. On m'invita pour un mois.

Le pauvre Eugène ne s'attendait pas à une pareille tornade dans sa vie de petit garçon riche, seul mâle d'une tribu de femmes, et faible de santé. Les écoles publiques et les trottoirs de ma rue m'avaient dressée à me prendre en charge et à penser vite. Il était habitué à tout demander à sa mère et à ses tantes. Même l'autorisation de se lever de table ou de sortir dans le jardin. Mon esprit caméléon m'incitait à l'imiter, comme à l'église on se lève et on s'assied avec les aficionados de la messe. Ce rôle nouveau de petite fille modèle m'amusait et m'occupait, je ne voulais pas décevoir mes bienfaitrices ni trahir ma mère qui m'avait abondamment sermonnée avant le départ. Cet été serait une réussite, coûte que coûte. Je ne soupçonnais pas qu'il serait une date dans mon développement personnel.

Les chambres d'enfants, au deuxième étage de ce gros manoir planté à flanc de colline face au lac, donnaient sur la montagne et recevaient le soleil du matin, dès qu'il avait dépassé la découpe des grands arbres derrière la maison. Je laissais mes volets ouverts, j'ai toujours aimé sentir le soleil se lever dans mon sommeil, et à la fin me réveiller tout à fait quand il est déjà haut. Je dormais beaucoup et profondément à cet âge-là. Dans l'obscurité, je n'aurais pas trouvé la force de me lever. La perspective de la journée de vacances qui commence, l'excitation du programme des promenades annoncées la veille au dîner ne pouvaient suffire à me secouer. Seule la lumière du soleil me tirait progressivement de ma torpeur.

Ce matin-là, une étrange sensation me clouait au lit. Je n'étais pas dans un lit, j'étais dans une baignoire, dans le fond d'une barque qui prend l'eau, sur une plage de sable mouillé. Je soulevai mon drap : mon lit était inondé de sang. Je restai quelques minutes figée à observer le désastre : tout était rouge, ma chemise de nuit, le drap du dessous, l'alaise et même la couverture en coton et le couvre-lit en piqué. Le matelas devait être taché aussi, et misère, ce fleuve coulait peut-être sous le lit. Je me levai, affolée. Un nouveau flot de sang stocké dans mon vagin coula le long de mes jambes, de mes chevilles pour se répandre sur la descente de lit et le parquet. J'étais stupéfaite et paniquée. Que m'arrivait-il ? Je n'avais mal nulle part et je ne me souvenais pas de m'être blessée à vélo car je n'étais pas tombée.

Je demeurai figée quelques minutes, interdite. C'est Anna, la femme de chambre italienne, qui me sauva. Elle entrait pour m'apporter du linge repassé et comprit ma déroute. C'est elle qui m'expliqua le phénomène, qui me rassura, qui promit de tout nettoyer, en ronchonnant tout de même pour les dégâts. Elle refusait de croire que ma mère ne m'avait rien expliqué, rien annoncé. Elle pensa que je faisais l'idiote, par timidité ou par crainte de représailles. En vérité, ma charmante maman avait une vision très romantique de la santé des enfants : ils poussent tout seuls, ils résistent à tout, à ne pas trop les soigner on les rend plus robustes et ils ont bien le temps de découvrir les inconvénients de l'âge adulte. J'avais bien remarqué que mes sœurs étaient de mauvaise humeur tous les mois à date fixe, mais on m'avait caché les malheurs féminins mensuels et, dans un premier temps, je crus à une blague.

Le discours de la comtesse, l'après-midi, qui me prit à part dans le petit salon après le déjeuner, m'obligea à prendre la chose au sérieux. Elle m'expliqua gravement que désormais je devais changer de comportement, prendre garde aux garçons, ne pas courir à droite et à gauche, jupe relevée comme je le faisais et surtout que je devais respecter une hygiène fréquente et précise. Elle me tendit un paquet de serviettes hygiéniques jetables, mais pas dans les toilettes. Des sachets en papier seraient à ma disposition dans ma salle de bains pour les empaqueter, puis les déposer dans la grande poubelle à la porte de la cuisine.

– Est-ce que toutes les filles ont ça ? dis-je, les joues en feu.

– Oui, mon petit. Toutes les filles, dans tous les pays du monde. Tu es même tardive, cela arrive beaucoup plus tôt à certaines, vers dix-onze ans.

– Dois-je rester allongée ?

– Non, dit la comtesse en souriant, tu ne pourras pas te baigner pendant quelques jours, c'est tout. Si tu as mal, viens me le dire, je te donnerai un calmant.

Elle secoua la coque blanche de ses cheveux retenus par un seul peigne sur le haut de son crâne avec l'allure héroïque et sobre d'une infirmière de la guerre de 1914. Elle posa un baiser neutre sur mon front et m'autorisa à rejoindre les autres dehors.

Je préférai monter dans ma chambre, concentrée sur l'étude de mon ventre qui se liquéfiait par vagues successives, plus ou moins pressantes. Je pensai que les garçons ne connaissaient pas cela et que cette sensation supplémentaire nous dotait d'une supériorité sur eux. Le sens médical et anatomique de ces saignements ne m'était pas très clair, j'attendrais d'en parler avec une certaine copine de classe pour mieux comprendre. Surtout pas à mes sœurs ou à ma mère. Elles risqueraient d'aggraver ou de banaliser ce fait important que je subissais, honteuse et penaude pour l'instant.

Ce qui m'embêtait le plus était l'affabilité et la douceur dont on m'entourait, comme si une suite plus grave m'attendait encore. On me cachait des choses, on ne voulait pas m'inquiéter, tout avait changé en une nuit, je n'étais plus la même. On me parlait différemment, on me ménageait discrètement en me surveillant du coin de l'œil. Mon sexe me signifiait qu'il était une source essentielle de développement. L'inconnu se dévoilait par là. L'affolement et la terreur en prime, fidèles mousquetaires de ma croissance. Tout ce qui concernait ce pôle de mon corps s'accompagnerait-il toujours d'inquiétude et de peur ? Je commençais à le craindre.

Mon étonnement grandissait. Je constatais un changement dans mes propres aspirations. Eugène avait un cousin un peu plus âgé que nous qui habitait quelques villas plus loin sur la même rive du lac. Il venait nous rendre visite, passait des après-midi à jouer au tennis, aux cartes ou à lire, quelquefois tout seul sous un arbre. Il traînait un air triste et recueilli qui me séduisait énormément. Je pensais qu'il était très intelligent, très calé, et qu'il deviendrait un homme important. J'appris par une indiscrétion d'Eugène, lequel flairait que j'avais plus d'attirance pour son cousin que pour lui, que Samson avait vécu un grand drame : en jouant avec le fusil de chasse de son père, il avait tué son petit frère sur le coup. Il était suivi depuis par des psychologues mais il ne s'en remettait pas. Je devins deux fois plus amoureuse de lui et se mêlaient en moi le désir de lui plaire, celui de le consoler et de le faire sourire. Cette vocation d'égayer les moroses, les complexés et les dépressifs restera une de mes faiblesses. Il fut mon premier client.

Depuis la nuit fatidique de ma déchirure vaginale, j'éprouvais de nouvelles pulsions très intéressantes. Je voulais qu'il me prenne dans ses bras, qu'il caresse mes seins naissants, qu'il m'embrasse sur la bouche, dans la bouche, comme j'avais vu faire au cinéma, non seulement par les acteurs sur l'écran, mais par des couples dans la salle profitant de la semi-obscurité pour faire une démonstration de baisers salivés. Cette envie se précisait avec les jours et m'assaillait comme un besoin impérieux. Je cherchais les occasions d'être seule avec lui dans le parc, ou dans le garage où nous nous abritions pour jouer au ping-pong dès que la pluie menaçait. Les étés montagnards sont instables, nous étions souvent dans le garage. Je m'aperçus que la maman et les tantes d'Eugène veillaient à ne jamais nous laisser entre nous, elles se relayaient à nos côtés, de sorte que ma tactique se resserrait. J'inventais des contretemps, des oublis, les raquettes de tennis restées sous la pluie, une soif urgente d'eau de la fontaine ou un pull perdu dans le bois afin qu'on s'échappe en courant au-delà des fourrés où les yeux nous perdaient. Le moment fatal arriva. Nous nous trouvâmes face à face, ruisselants de pluie, dans l'ombre d'un sapin. Il prit mon visage entre ses mains et déposa un long chaste baiser sur mes lèvres salées de transpiration et d'émotion.

L'effet communicant fut immédiat : un pincement à l'orifice de mon sexe, comme un spasme, une petite crampe ou le frisson que l'on ressent quand on entre dans l'eau. J'étais une nageuse correcte, j'aimais l'eau, mais j'avais, j'ai toujours, un certain mal à pénétrer dans la piscine ou la mer. Une crainte que le plaisir futur ne se dilue si je m'immerge trop brusquement.

Ce baiser fut unique et sans suite. Samson repartit chez ses parents à Zurich et mes cerbères ne me lâchèrent plus d'une semelle. J'étais devenue une rivale, une usurpatrice et un danger. Ces dames avaient le double, le triple de mon âge, néanmoins je perçus leur changement d'attitude. Je n'étais plus une inoffensive jeune fille qui avait bien besoin d'être dégrossie, mais une femelle en passe de répandre alentour les effluves de sa féminité en pleine éclosion. Je compris que les femmes ne sont pas amies entre elles, chacune règne sur un territoire sur lequel les autres ne doivent pas empiéter. Les demoiselles de B. étaient de pures vieilles filles, elles ne supportaient pas la présence d'une petite fille qui s'annonçait ouverte à l'amour et promise à une sexualité foisonnante.

Je rentrai à Paris à la mi-septembre. J'avais grandi de cinq centimètres à la toise que tenait ma mère sur le chambranle de la porte de ma chambre. J'avais un gros bouton sous le nez et je parlais un peu l'allemand.

Je ne revis jamais Eugène, ni mesdames de B., ni Samson. Je n'ai jamais su ce qu'il était devenu.

2.

Les coiffeurs ne connaissent pas leur pouvoir. La jouissance visible avec laquelle ils coupent les cheveux trahit pourtant le caractère castrateur de leur acte. Priver une tête de sa parure est une torture commune à toutes les guerres, toutes les dominations. Mon premier coiffeur, un salon de banlieue près du pavillon où nous habitions au sud de Paris, fut un dépuceleur qui s'ignorait, d'autant plus qu'il était homosexuel. Il tenait à pleines mains mes épaisses nattes jamais coupées depuis ma naissance et les tailla avec des petits gloussements de plaisir, telle une bonne sœur qui vole les cerises à l'eau-de-vie du curé. Quand il détacha, victorieux, les deux tresses blondes de ma nuque, il leva les yeux au ciel, en pâmoison. Elles paraissaient vivantes, anguilles brillantes que j'avais trimbalées et domestiquées pendant quatorze ans. Les longues séances de tressage matinal me mangeaient un quart d'heure de précieux sommeil. J'avais obtenu ce cadeau d'anniversaire de ma mère réticente : une coupe de cheveux pour la rentrée et une veste rouge. C'était la mode.

J'eus la veste rouge en premier. Les manches raglan et les boutons couture rendaient mes longues nattes encore plus anachroniques. Nous prîmes rendez-vous chez le coiffeur la veille du premier jour de classe.

Au début, les mèches rebelles se dressaient autour de ma tête, des épis inconnus surgirent, en particulier sur le haut du crâne, me faisant ressembler à Tintin. Mes camarades de lycée ne manquèrent pas de se moquer de moi. Il est vrai que j'avais perdu du caractère sans mes longs cheveux de jeune fille du XIXe siècle. Mais je me sentis bientôt à mon aise avec ma nouvelle coiffure, en adéquation avec mon caractère et mon dynamisme. Je nageais, je me distinguais en athlétisme, j'étais la meilleure du lycée en saut en hauteur, on parlait de me présenter au concours de l'Académie de Paris pour défendre les couleurs de notre établissement. Mon allure de garçon manqué convenait à toutes les attitudes qu'entraînaient une vie sportive et le leadership indéniable que j'exerçais sur les élèves de ma classe. Nous créâmes une compagnie de théâtre sous la direction de notre professeur de français. Je jouais les héros masculins, du Cid à Dom Juan, de Scapin à Monsieur de Pourceaugnac. Nous avions demandé au lycée de garçons jumeau du nôtre de se joindre à nous pour constituer une troupe mixte. La réponse des deux directeurs fut formelle : il n'en est pas question.

Certaines d'entre nous avaient déjà des flirts avec

des garçons du lycée d'en face, mais les rendez-vous avaient toujours lieu loin des établissements, pour que les surveillantes ne surprennent rien. La mixité n'était pas à l'ordre du jour.

Ma meilleure amie s'appelait Amélie. Elle était jolie et très féminine. Elle avait eu ses règles une année avant moi, et il flottait autour d'elle certains jours une odeur légère de femelle. Les paupières de ses grands yeux gris et ses sourcils arqués se dessinaient dans le visage comme sous le pinceau d'un calligraphe japonais. Le contraste frappait, entre sa bouche pulpeuse toujours rosée et la mienne, fine et relevée en chapeau de gendarme. Nous caquetions continuellement au fond de la classe, nous avions des fous rires pour des idioties et nous cultivions des petits secrets qui agaçaient nos camarades et certains professeurs.

Pendant l'année scolaire, Amélie perdit sa maman, très malade depuis longtemps. Elle manqua les cours tout un mois et notre amitié fut renforcée par cette circonstance qui la muait en adulte avant l'heure. Je l'aimais de tout mon cœur, elle était intelligente et profonde, elle était toujours la première en français et en rédaction. Plus tard, elle fit des études de lettres et de philosophie et devint professeur et écrivain.

Notre lycée se trouvait à la périphérie de Paris. Après le dernier cours, nous allions à pied jusqu'à la station de métro de la ligne de Sceaux que nous prenions quotidiennement. Un soir, nous décidâmes de musarder par des petits chemins entre les jardinets de ce quartier pavillonnaire. Le printemps était arrivé, les cerisiers explosaient de fleurs et le vent tiède répandait leurs pétales blancs sur le sol. Nous nous assîmes au pied d'un arbre sur cette fausse neige éparse, dans un terrain vague. Elle me raconta un chapitre d'un roman interdit qu'elle était en train de lire, *L'Ingénue libertine* de Colette. Elle avait subtilisé le livre dans la bibliothèque de son père. On riait de ces histoires qui ne nous impressionnaient pas du tout. Bof. Nous étions des grandes, plus des adolescentes, les choses de l'amour n'avaient pas de secrets pour les finaudes que nous étions. Nous nous allongeâmes, elle tendit un bras vers moi, puis l'autre, puis tout son corps, et nous échangeâmes un baiser balbutiant mais tenace, car il me fit mal. Nos dents s'étaient entrechoquées et ma langue était restée au milieu. Mais c'était un baiser, un vrai. Mon premier. Je ne sais plus s'il fut de mon initiative mais nous le désirions ardemment toutes les deux. Je ressentis une vive contraction au niveau de mon sexe qui s'humecta brusquement. Il tentait à nouveau de me parler, dans son langage à lui. J'avais ouï dire que des petites Thaïlandaises étaient capables de fumer avec leur vulve, mais je ne me doutais pas que cette ouverture de notre corps eût une expression, une autonomie et des aptitudes aussi évidentes. Il me faudrait en tenir compte à l'avenir, soit pour suivre soit pour résister à cette voix.

Nous étions intimidées par notre propre audace et nous nous sommes relevées très vite, ne sachant quelle suite donner à ce sésame qui semblait modifier notre relation. Cette pulsion violente occupa nos esprits pendant longtemps. Nous étions dépassées par notre étonnement.

Amélie me confia plus tard qu'elle crut devoir se confesser le dimanche suivant, elle qui ne fréquentait pas les églises. Le prêtre lui accorda l'absolution en lui conseillant de m'éviter et de pratiquer le sport. Elle ne fit ni l'un ni l'autre, et notre amitié, après ce trouble passager, ne subit aucun refroidissement, sinon la distance qu'occasionnaient nos études, nos activités secondaires et pour moi, bientôt, les premiers flirts avec des garçons. Je conservais cependant une vague insatisfaction. En même temps, je savourais l'attente qui s'ensuivait : ce qui s'annonçait serait palpitant, bouleversant et exclusif.

3.

Quel amour est celui qu'on doit nommer le premier amour ? Celui qui fait battre le cœur sans réponse ? Le premier qui reçoit un écho ? Celui qui fait souffrir ou celui qui apprend à aimer ? Je peux dire que j'ai connu plusieurs premiers amours, car chacun ouvrait une case de ce puzzle complexe révélant ma nature et l'arsenal de mes armes que je découvrais peu à peu. On part gagnant, on croit tous les clichés que les mythes populaires transmettent sur le sentiment amoureux, on tombe dans tous les panneaux, les illusions s'effondrent, d'autres naissent. Enfin on se fait une idée à soi, plus réelle, et si on n'est pas trop fragile, si on n'a pas été trop blessé par les déceptions et les insoutenables revers, on se forge une image originale et raisonnée de ce qu'on aime. Mais ça ne sert pas plus, on est attiré par les personnes les plus inattendues, qui ne répondent nullement au schéma conçu.

Quand je me remémore mon premier amour numéro un, je suis surprise. Il ne correspond en rien à ce que je trouve séduisant chez un homme. Je regarde les photos de tous les hommes que j'ai aimés, étalées sur mon bureau pour écrire ce livre, et je suis frappée de la variété de physiques, de genres, de tailles et de styles. Si les hommes poursuivent le même type de femme au cours de leur vie, il me semble que les femmes sont plus aventurières dans leurs choix, elles cherchent la variété des propositions, elles osent se livrer à des expériences hasardeuses et parfois périlleuses. Elles s'obstinent à faire confiance à la puissance de leur amour qui vaincra toutes les difficultés, aplanira toutes les différences. Elles affrontent les écueils religieux, sociaux, physiques, elles convertiraient les homosexuels, réformeraient les libertins et débloqueraient les célibataires endurcis. Plus la cause est rude plus elles s'y attellent. Il y a du missionnaire chez les femmes, dès leur plus jeune âge. Il y a aussi les orgueilleuses, qui n'acceptent pas la défaite. Elles font le siège d'un homme pendant des années s'il le faut. Elles gagnent, généralement, mais la suite est incertaine. Ce sont des victoires qui transforment l'amour en haine et virent à la vengeance.

Emmanuel était blond aux yeux bleus, d'un bleu transparent qui ouvrait un vide dans son visage, comme une absence d'yeux, un regard de chien de traîneau que j'ai revu chez certains chats, plus tard. Un bleu interrogatif et inabouti auquel il manquait un pigment. Il n'était pas très grand de taille, mais il était musclé. Il descendait d'un illustre marin breton, Robert Surcouf, dont il avait hérité la passion pour la mer. C'était un garçon des îles, son père était armateur à l'île Maurice, on l'avait envoyé à Paris pour finir ses études, mais il ne rêvait que d'une chose, repartir là-bas pour retrouver son bateau, ses amis surfeurs et les indigènes dont il chantait toutes les biguines en s'accompagnant sur sa guitare. Il était l'archétype du héros romantique déraciné et nostalgique. Sa mère était russe et il cumulait les dons slaves et la nonchalance des Caraïbes. Il avait vingt ans, il passait encore son bachot, ce qui me donne à penser aujourd'hui qu'il était certes doué mais qu'il n'était peut-être pas une flèche. Je n'avais pas quinze ans, j'étais trop jeune pour lui, je ne m'étonnai pas qu'il me considérât peu. Son indifférence, dans les soirées où il était immanquablement la star, attisait mon désir d'être remarquée. Je tannai ma mère afin qu'elle m'achète une paire de chaussures à talons, encore interdite au lycée mais que je porterais en ville. Justement notre ami commun, un cousin que nous fréquentions peu, proposait de nous emmener à un concert. Je connaissais les Jeunesses musicales de France et les concerts Pasdeloup, mais je n'avais jamais assisté à un spectacle de variété. Nous devions aller écouter Henri Salvador au théâtre Daunou, dont Emmanuel ne ratait pas un seul récital.

La salle était comble. Beaucoup de jeunes, des filles élégantes en ballerines et en jupes évasées, à la Brigitte Bardot. Mes trotteurs à boucles et ma veste rouge déjà un peu défraîchie dénonçaient l'étudiante sans le sou que j'étais. Mes petits cheveux rebiquaient de tous côtés, impossible de les maîtriser, à une époque où les mises en plis bombées et laquées triomphaient. À l'entracte, je voyais mes deux compagnons dévisager les Nathalie Wood, les Romy Schneider et les Audrey Hepburn qui nous entouraient, avec leurs tailles fines serrées par de hautes ceintures vernies. Je trottinais derrière eux, telle la petite sœur qu'on doit se traîner au théâtre, pour ne pas faire de jaloux dans la famille. Emmanuel rencontra quelques amis, tous des îliens des Dom Tom comme lui. Ils échangeaient des phrases en créole, avec la jouissance de ceux qui ne sont pas compris par tous et communient par un code sacré. Plus le comportement d'Emmanuel m'irritait, plus mon con le proclamait. Il avait choisi ce garçon pour son intronisation, je n'avais qu'à obéir. Je repartis à l'attaque. Je me mis à critiquer le spectacle, à dénoncer tel ou tel thème pompé à tel ou tel compositeur, avec des arguments musicaux aussi pointus que de mauvaise foi. Je m'insurgeai contre les accompagnements démodés et faciles, bref je fis une démonstration de musicologue à la fois savante et politique. Et puis, qu'est-ce qu'on était venus écouter là, quand Xenakis révolutionnait la musique au Polytope de Cluny. Emmanuel m'observait, sans voix. J'avais touché son point faible. Hors d'un certain milieu, il n'était plus rien, il n'avait plus la clé. Une petite Parisienne vive et cultivée (plus que lui en tout cas) le lui signalait d'une manière éclatante.

Je fis semblant de bouder le spectacle, mais nous restâmes jusqu'au bout, et je rentrai chez moi en fredonnant ces adorables chansons que je connais par cœur maintenant. J'avais marqué un point. On ne me mépriserait plus.

Quelques jours plus tard, il me téléphona. Nous convînmes d'un rendez-vous chez lui, rue de la Pompe. Il voulait me montrer des photos de sa plage, de son voilier, et ses peintures. Il peignait aussi. Je m'embarquai au bout du bus 63, à l'impériale. Le vent fouettait mon visage et agitait mes cheveux. Mon bas-ventre me mettait dans une transe que je n'avais jamais connue. Il exultait. Son heure était venue, il frissonnait de joie et d'appréhension. J'avais emprunté à ma sœur (sans le lui dire) une culotte en dentelle, je craignais que le fin maillage ne pût freiner les humeurs émergentes. Les deux lèvres de mon sexe patinaient l'une contre l'autre comme sur du verglas. Comment oserais-je demander d'aller aux toilettes dès mon arrivée ? Je m'arrêtai dans un café pour évaluer la situation. J'étais beaucoup plus présentable que je ne le croyais, et je me pris à douter des messages urgents que m'envoyait ce con malicieux.

Emmanuel portait une chemise bleu aviation à col boutonné, une curiosité pour l'époque, qui m'évoqua les acteurs américains du moment, Steve McQueen, Robert Redford et Montgomery Clift. Ils symbolisaient la virilité décontractée et la vie au grand air. Mon con perçut cette chemise « casual » comme un signe d'acquiescement, un rôle accepté. Emmanuel aurait pu être américain, il avait des mains d'Américain, avec le pouce très dégagé de la paume, des mouvements d'Américain, des épaules larges et plates. Ses jeans et ses mocassins venaient directement des États-Unis, me dit-il, mais il n'en tirait aucune vanité. Chez lui, là-bas, on s'habillait comme ça. Le costume et les vestes lui semblaient tout simplement ridicules. Je l'approuvais, mais je lui fis remarquer que n'importe qui ne pouvait pas se procurer ces vêtements-là. Pour me répondre il enleva ses chaussures, s'installa en tailleur sur son lit et commença à me chanter des chansons malgaches. J'enlevai mes chaussures également et je m'accroupis près de lui. Des minutes interminables passèrent avant qu'il me caresse le visage, le cou, les épaules, et la poitrine. Je glissai petit à petit sur le lit et je fus bientôt allongée contre lui. Un bonheur inénarrable m'envahissait, j'aurais voulu que le temps s'arrête, que la vie future ne soit plus que cet instant-là. Un événement magique allait arriver. Nous nous embrassâmes longuement, il était tendre et expert, je m'envolais dans l'ivresse, le sexe en délire.

Il enleva lentement mon chemisier, puis mon soutien-gorge, nous ne parlions pas, émus et tendus l'un vers l'autre. Il se coucha sur moi, je sentis son sexe durci, les muscles chauds de ses bras et de ses jambes. Sa respiration devenait haletante, il m'embrassait dans le cou, sur les seins, dans les cheveux. Ma main osa chercher son pénis à travers le pantalon, il se frotta à moi, il tremblait, son front transpirait. Je commençais à défaire ma jupe quand soudain il se redressa et dit :

– Non, il ne faut pas.

Je le tirai à moi et collai mes lèvres sur les siennes, mais il répéta :

– Il ne faut pas.

Nous recommençâmes à nous embrasser éperdument, le soir tombait sur la fenêtre, nous étions presque dans l'obscurité. Nous nous embrassions depuis trois heures, mes lèvres brûlaient et mon con s'évanouissait. Alors, tout en m'étreignant, il m'expliqua qu'il était fou de moi mais qu'il devait me laisser intacte, qu'il partirait avant l'été, qu'il était promis à une jeune fille à Maurice, une Française de famille expatriée depuis trois générations comme lui, qu'on leur avait déjà construit une maison, avec une chambre pour les enfants et un hangar pour son bateau. Qu'il me résistait depuis la première fois qu'il m'avait vue, que c'était une souffrance, une torture, ajouta-t-il.

Mon sexe me dit : « Je m'en tamponne, c'est lui et c'est lui, même si vous ne devez plus vous revoir. » Je traduisis avec prudence.

– Ça m'est égal, tu sais. Je ne veux rien d'autre de toi que ce moment. On ne peut pas ignorer ce moment.

Mais rien ne se passa.

Mon attente en fut pour ses frais. Je découvrais que mon désir n'était pas tout-puissant. Mon corps refusait en bloc l'alerte de la frustration.

Il me demanda si c'était la première fois. Je lui répondis que oui, que j'avais eu plusieurs occasions de perdre ma virginité, mais que je l'avais choisi, lui. Je ne dis pas que c'était mon con qui l'avait choisi. Il avait une vision chevaleresque des relations entre les hommes et les femmes, et je me félicitai, malgré son refus, de l'adorer. Naturellement, il ne me vint pas à l'esprit qu'il pût m'aimer au point de défaire ses promesses et de m'embarquer dans son île.

Le sentiment que je ne suis pas assez pour un homme me poursuivra toute ma vie. Vient-il de ce premier désaveu ? Pourtant je remercie les fées qui me protègent souvent, au prix de cruelles mortifications, et m'empêchent de m'engager sur des chemins qui ne sont pas les miens.

J'ai pleuré quelque temps, mais je me demande aujourd'hui ce que j'aurais bien pu aller foutre dans une île.

Emmanuel se maria, reprit l'affaire de son père, dans les plus parfaites règles de la bonne société coloniale.

Quelques années plus tard, je rencontrai par hasard à Saint-Tropez une jolie brune insignifiante enroulée dans un foulard Hermès.

– Je suis la femme d'Emmanuel, me dit-elle tristement.

J'appris alors qu'il avait disparu en mer, peu de temps après leur mariage. Il s'entraînait pour une traversée vers l'Australie en solitaire. On ne l'avait jamais retrouvé.

4.

Après le gentleman, le voyou. L'un était incolore et loyal, l'autre brun et canaille. Vif comme un lézard. Si on ne le suivait pas attentivement, on le perdait de vue. Il affichait des origines italiennes, parce que son père universitaire ne voulait pas dire qu'il était corse. On préférait se relier à Dante et à Gramsci plutôt qu'à Tino Rossi.

À la recherche des portes qui devaient me conduire à la vraie vie, j'avais trouvé le cours d'Art dramatique et le be-bop. Éprise de Gérard Philipe et du TNP, je m'étais inscrite au concours d'entrée du cours Charles Dullin et je fus acceptée. L'examen était moins rigoureux que celui du Conservatoire, il fallait bien remplir les caisses de ce théâtre populaire, et assurer un petit revenu supplémentaire aux comédiens de la troupe. Les plus fameux étaient occupés à tourner des films pendant leur temps libre, et nous ne vîmes Gérard Philipe et Jean Vilar qu'une seule fois dans la saison. Georges Wilson, Jean Négroni, Jean-Pierre Darras et

Jean-Paul Moulineau assuraient la permanence de l'école. Je leur dois beaucoup de palpitations, de honte et de plaisir, chaque fois que je présentais une scène. Ai-je appris un métier ? Je ne saurais le dire. J'ai surtout rencontré un milieu, et Saint-Germain-des-Prés.

En ce temps-là, Paris se réduisait à trois rues : la rue Saint-Benoît, la rue Bonaparte et le boulevard Saint-Germain. On y dînait, on y draguait, on y réfléchissait et on y dansait. Les écrivains et les journalistes se rencontraient au Flore et chez Lipp, les peintres et les poètes étrangers bivouaquaient à l'hôtel Montana, les metteurs en scène choisissaient leurs acteurs aux Deux-Magots, et nous dansions le be-bop au Club Saint-Germain. Ce n'était plus le Saint-Germain de l'après-guerre, nous nous étions approprié des lieux et nous fomentions Mai 68 dans l'ombre de Sartre et de Juliette Gréco. Le petit bout de la rue Saint-Benoît, alors à deux sens, a vu défiler les plus somptueuses voitures de sport, les Ferrari, les Facel Vega et les petites MG décapotables. Tous ces hommes venaient regarder là, aux terrasses des cafés et sur les trottoirs, les filles à inviter pour un soir, ou pour mieux que cela. Ces mêmes nababs savaient qu'ils pouvaient s'attendre à inviter une bande de cinq ou six pour avoir la jolie fille dans le lot. Je ne me souviens pas d'avoir jamais payé pour dîner ou pour entrer dans une boîte. Il y avait toujours un mécène, un généreux qui offrait les bouteilles chez Castel ou les choucroutes chez Lipp. Il y avait des hommes d'affaires, des médecins, des dentistes, des stars du show-biz, des amants de riches héritières, des riches héritiers, des propriétaires de boutiques du prêt-à-porter naissant, des collectionneurs, des antiquaires, des magnats de la presse, des maquereaux et des escrocs. Le coût de la vie n'était pas un problème, et nous ne nous inquiétions jamais de manquer d'un portefeuille complaisant pour financer nos sorties. Il régnait une insouciance, une facilité que la guerre d'Algérie allait briser. Pour l'heure, nous étions beaux, légers, avides de plaisirs et d'en découdre avec les générations précédentes, sans peur ni hâte excessive. Nous étions heureux.

Le quartier s'agrandissait jusqu'à Montparnasse, où Jean Castel débuta avec un club-épicerie, jusqu'à la rue Sébastien-Bottin, à l'hôtel Pont-Royal, où Scipion (mots croisés), de Fallois (éditeur) et Françoise Verny (directrice littéraire) tenaient table ouverte jusqu'aux petites heures du matin. Boussinot y peaufina *Les guichets du Louvre*, Sabatier vendit *Les allumettes suédoises* et Jean Cau écrivit ses articles de *L'Express*. Romain Gary buvait sur le siège de Kessel.

À la Coupole se réunissait le tout-venant, photographes, couturiers, musiciens de jazz, producteurs et comédiens. Les peintres et les sculpteurs se retrouvaient plutôt en face, à la Rotonde, ou à la Maison des Artistes, rue du Montparnasse, ou rue Stanislas, je ne me souviens plus bien, il faudra que je demande à Bernard Quentin, puisque César et Tinguely ne sont plus là pour me rafraîchir la mémoire. C'est là que je les ai connus tous les trois. On y mangeait pour quelques francs, avec une carte des Beaux-Arts. Une seule carte servait à faire entrer une troupe, ici aussi. La Closerie des Lilas, plus excentrée, était le repère des philosophes, des psys, des sociologues et des francs-maçons. Les jolies femmes étaient les bienvenues partout.

J'habitais rue Notre-Dame-des-Champs. Ma providentielle mère, exaspérée par le pavillon inchauffable où nous avions atterri à Bagneux au retour du Maroc, avait habilement fait jouer la loi de 48 pour échanger cette bicoque en meulière avec jardin contre un appartement à Paris, dans un quartier qu'elle aimait, pas trop loin de la ligne de Sceaux. Je prenais le train à la station Port-Royal tous les matins pour aller à mon lycée, sans sacrifice, tant j'étais heureuse de rentrer à Paris le soir. Je devais cela aux arrangements et aux folles initiatives de ma mère. Je dois aussi à sa confiance d'avoir fréquenté tous ces lieux le soir, avec des amis qu'elle ne connaissait pas, rencontrés par moi-même au cours de ces heures qui ont marqué ma vie pour toujours. Elle croyait aux vertus d'une capitale, elle avait vécu sa jeunesse à Berlin, et elle nous avait ramenées du Maroc, mes sœurs et moi, à la mort de mon père, pour que nous ne soyons pas des petites provinciales. Je lui saurai gré éternellement de sa démarche courageuse, de son intuition et de son panache. Nous étions fauchées, il était difficile de tenir le pas d'une vie à Paris. Grâce à son énergie, à sa fantaisie et à son humour, nous y sommes parvenues. Notre maison ne désemplissait pas d'amis, de locataires temporaires et d'étrangers de passage. On mangeait de grandes soupes avec du pain grillé. On ne s'effondrait pas dans la misère. Nous étions un centre, riche de projets et d'espoir de réussite. Les impressions que je glanais de la vie de Paris intéressaient tout le monde, sauf mes sœurs qui trouvaient que je risquais de mal tourner.

Quand j'y repense, je me demande en effet comment j'ai fait pour passer mon bac, avec mention de surcroît. Je sortais tous les soirs, avec la promesse de rentrer avant dix heures, que je ne tenais jamais. Le jeudi et le samedi après-midi, je dansais au Vieux-Colombier, et c'est là que j'ai rencontré Thierry. Il avait un visage de page florentin d'un tableau de Raphaël, mais ses candides taches de rousseur masquaient mal une expression de séducteur et le regard d'un gitan prêt à tout. Il ne dansait pas mal, ses jambes courtes lui permettaient d'économiser les pas et de faire virevolter ses partenaires sans effort. Il me repéra rapidement et nous dansions sans nous connaître, sans nous être jamais parlé. Ces séances de be-bop et de slow avec figures ressemblaient plus à de l'exercice qu'à des préambules au flirt. Nous transpirions comme des athlètes et l'air confiné des caves nous obligeait fréquemment à sortir respirer dans la rue.

Nous eûmes notre première conversation sur le trottoir. Il fumait une Philip Morris, moi pas. Je n'ai jamais fumé. Il me snoba aussitôt. Il était en première année de l'IDHEC, l'ancien nom de la fameuse école française de cinéma, je n'étais qu'une élève de seconde, et une vague postulante comédienne. Il fit le tour de mes connaissances et constata avec dégoût que je n'avais rien lu. Ni Faulkner, ni Dos Passos, ni Camus, ni Lorca. J'étais une vacuité, un creux, une corne vide qu'il entreprit de remplir. Mes Tolstoï et mes Saint-Exupéry étaient bons pour la poubelle, il me passerait Gide et Antonin Artaud. Je m'engageais dans la voie d'un amour difficile, compliqué et incertain. Mon sexe n'avait aucune envie de s'ouvrir à ce garçon, pourtant séduisant et courtisé. Sage baromètre de ma croissance, il prévoyait que je n'étais pas encore prête à ce type d'échange et que j'y laisserais des plumes. Il restait fermé et sec, même quand nous dansions le slow étroitement et que Thierry caressait mon dos et mes reins. Pourtant j'étais envoûtée par ce garçon, il a éveillé en moi des intérêts fondamentaux : la littérature, le cinéma et la politique. Notre relation sentimentale et sexuelle n'a cessé d'être chaotique et houleuse. Pourtant je puis clairement déclarer : il a été mon premier amour numéro deux.

Je commençais à souffrir sérieusement de ma pauvreté. Je voyais les autres filles se changer tous les soirs, adopter aussitôt les modes publiées dans *Elle*, dans *Le Jardin des Modes*, dans *20 ans*, et celles, plus diffuses, propagées dans la rue. La mode parallèle des jeans, des jupons anciens et autres puceries voyait le jour, non encore récupérée par les couturiers. On pouvait se débrouiller avec les allures excentriques qui dénonçaient cependant des opinions, des types d'éducation et des milieux. Cette reconnaissance sociale par le vêtement a vécu ses dernières belles heures dans ces années-là. Je me situais dans la catégorie des inclassables, ni snob ni pionnière, je n'étais qu'une jolie frimousse exotique sans le sou en compétition avec des filles de famille, des mannequins, des courtisanes et des femmes entretenues. Cette position d'outsider dans presque tous les domaines devenait chronique et m'a collé à la peau toute ma vie. Le hic allait être d'en reconnaître les avantages et de ne pas ployer sous les inconvénients.

Pour l'heure, ma misère me pesait. Je n'avais que ma large jupe en feutrine bleue confectionnée avec ma mère sur la table de la cuisine, mon pull noir moulant et ma jolie silhouette, enlevée par des ballerines décolletées qui me provoquèrent des bosses aux talons. Les danses dans les clubs New Orleans où nous entendions Louis Armstrong, Sidney Bechet et Django Reinhardt usaient les habits et les semelles. La transpiration cuisait les chemises et les chemisiers. Il nous fallait du rechange. Il m'est arrivé de ne pas pouvoir sortir, n'ayant rien à me mettre sur le dos. Cruelle, je pleurnichais auprès de ma pauvre mère qui avait déjà du mal à payer le loyer, l'électricité et le chauffage.

Je décidai de me faire un peu d'argent de poche en utilisant mes talents. J'étais assez habile en dessin, je me lançai dans la fabrication de cartes de vœux pour Noël, Pâques, les anniversaires et la Fête des Mères. Je les vendais aux amis de mes sœurs, à mes camarades de classe admiratives, à notre épicière qui m'aimait bien. J'eus tant de succès que j'étendis ma production à des peintures sur verre, de simples gouaches badigeonnées ensuite de vernis à ongle incolore qui résistaient passablement à l'eau. Je peignais des sujets de contes de fées russes inspirés des livres que ma mère avait sauvés d'une vieille malle, des Babayaga, sorcières des forêts, des princes à califourchon sur des oiseaux de feu, des paysannes en fichu et sarafane brodés. Je décorais des verres à jus de fruit achetés pour deux sous au Prisunic, des carafes, des dessous-de-bouteilles et même des seaux à glace et des plateaux en plastique transparent. Ces objets joyeux et colorés trônaient sur une table du salon afin que chaque visiteur puisse s'extasier, quasi contraint d'ouvrir sa bourse. Ma mère en a gardé quelques-uns, les moins réussis, jusqu'à la fin. Je les ai retrouvés dans le fond d'un placard, le cœur serré, quand nous avons dû débarrasser son appartement. Ils me coûtaient beaucoup de travail et me rapportaient peu, à peine de quoi acheter une ceinture haute pour bien serrer la taille ou un sac en simili cuir, mauvaise imitation de la célèbre mallette Hermès.

Thierry était fier de me montrer, il aimait les femmes bien habillées, il venait de quitter pour moi, disait-il, une fille plus âgée dont il me vantait sans cesse l'élégance, et le sex-appeal. Il aimait les femmes mûres, au visage carré, aux lèvres fortes et à la voix rauque. Je me demandais souvent ce qu'il me trouvait et j'entrepris de me construire un physique plus érotique. Je me décolorai les cheveux, je devins blonde comme Martine Carol et je me charbonnais les yeux d'un épais trait de crayon. Sur certaines photos, je trouve que j'avais l'air plus âgée que maintenant. On se crêpait les cheveux, on édifiait d'immenses chignons immobiles sur la tête, quelquefois décorés par la dictature des coiffeurs d'une fleur en tissu ou d'une grosse barrette brillante. Le résultat chez moi demeurait approximatif, la tête n'allait pas avec la robe, le manteau, un vieil astrakan de ma mère de chez Lelong, était trop court, les chaussures toujours les mêmes, et le sac unique d'une couleur inappropriée. J'avais du chic parce que je me comportais comme une reine, avec l'insolence inconsciente de la jeunesse. J'étais assez jolie pour que tout le monde me regarde, Thierry s'agrippait à mon bras pour qu'on lise bien que j'étais à lui. Il me dominait en effet, comme un maquereau vampirise sa prostituée ou un mari jaloux encadre son épouse. Il me maltraitait publiquement, me traitait de conne, se fâchait dès que je disais une banalité ou que je parlais comme une bourgeoise. Si je m'adressais à un autre homme, il me foudroyait du regard, menace de torgnoles injustement enflée pour imiter la sourde violence des premiers films d'Antonioni tirés de Pavese. Nous allions à la cinémathèque rue d'Ulm presque tous les jours, on voyait deux ou trois films à la file. Avec ses copains de l'IDHEC, on disséquait à en perdre le souffle les plans de Murnau, de Mizoguchi, de Renoir, de Fritz Lang. On fustigeait impitoyablement les cinéastes pompiers, les Duvivier, les Delannoy, on adorait Rossellini, les néoréalistes, Satyajit Ray, Nicholas Ray, l'Actor's Studio et les documentaristes Joris Ivens, Jean Rouch et Chris Marker. Je ne m'ennuyais jamais. Mon esprit était constamment sollicité, légèrement au-dessus du seuil de son intelligence.

Mon con, lui, boudait. Je pensais qu'il ferait un peu moins le difficile, après l'échec que nous avions essuyé avec Emmanuel. Ses volontés ne sont pas toujours commodes. À présent nous sommes un vieux couple, nous nous sommes habitués l'un à l'autre, mais son indépendance me cause encore des surprises et ne cessera de me mettre dans des situations imprévisibles.

Nous n'avions pas de lieu, Thierry et moi, où être seuls pour faire l'amour. Il vivait chez ses parents, comme moi. De temps en temps, il empruntait la 203 de son père et quand il me ramenait, nous nous garions loin des réverbères et nous nous embrassions dans la voiture. Il caressait mes jambes, remontait le long de mes bas, de mon porte-jarretelles, il s'approcha une fois ou deux de mon entrejambe, mais j'étais raide et peu hospitalière. Il faut se replacer dans le contexte de cette époque sans pilule ni préservatifs courants. On ne faisait pas l'amour facilement. J'étais inquiète et crispée. Thierry me plaisait, il prenait une place chaque jour plus grande dans mes pensées, mais mon sexe le refusait.

La relation passionnante mais conflictuelle et brutale que je subissais avec Thierry ne me laissait pas entrevoir un avenir serein. Il était épris, mais je l'irritais. J'étais éprise, mais il me faisait peur. Je mis longtemps ce désarroi sur le compte de la personnalité aiguë de mon partenaire. Ce garçon avait une acuité, une clairvoyance qui le rendaient amer et perfide. Comme tout intellectuel honnête, disait-il. La vie est une vallée de larmes, ceux qui se le cachent sont des lâches et des idiots. L'art et la philosophie se rencontraient là : la noirceur sied aux poètes et aux penseurs. Mon appétit de bonheur était une limite et une absurdité pitoyables, pensait-il. Imbibé de phénoménologie et de Kierkegaard, il méprisait ceux qui prenaient la réalité pour preuve. Les faits réclament une réflexion, une analyse et une interprétation. La vérité est souterraine et invisible à des yeux non aguerris. Cette avance qu'il avait sur nous provenait de la formation marxiste que lui avait prodiguée son père, syndicaliste de renom et auteur de livres sur la lutte des classes en milieu estudiantin. Je découvrais la rhétorique et l'engagement. À la maison, on admirait Lyautey, de Gaulle, Churchill et Teilhard de Chardin. Mes nouvelles lectures m'inspiraient un langage qui stupéfiait ma mère, et encore plus mes copines au lycée que je snobais à mon tour. Sauf Amélie, la lucide, qui vivait le même éveil que moi sous l'influence de son frère avocat, futur grand défenseur des Droits de l'Homme.

Un soir, nous dînions dans un bistrot savoyard, dans un de ces petits boxes de bois clair où nous étions serrés l'un contre l'autre. Nous avions voulu nous asseoir tous les deux sur la banquette, du même côté. Il était tard, le restaurant se vidait. Thierry tripotait mes genoux sous la table. Sa main se glissa le long de ma cuisse, sous ma culotte, ses doigts cherchèrent mon clitoris, puis s'introduisirent dans mon sexe en forçant le chemin. Je posai ma serviette sur sa main, de crainte qu'on nous voie, mais je le laissai faire. Il entra, loin, ses doigts me pétrissaient, et pendant ce temps-là il me fixait, droit dans les yeux. Je soutenais son regard, je comprenais que le jeu était de ne pas montrer d'égarement, ni de résistance. Ne pas changer de visage, réprimer les sursauts, les secousses de plaisir ou de douleur. Mon sexe aride se déchirait. Je pense qu'à cet instant mon hymen s'est rompu, sans que je m'en rende compte.

Car celui qui devait me dépuceler plus tard ne crut jamais que j'étais vierge.

5.

Mes sœurs sont mes aînées de neuf et onze ans. Elles organisaient de temps en temps des soirées dansantes à la maison, pour rendre les invitations qu'elles recevaient, les participations aux rallyes et aux bals. Elles fréquentaient les aristocrates français, un ramassis de ringards attendrissants qui se battaient pour conserver leurs châteaux mais aussi l'Algérie, aux côtés de l'OAS. Je me gardais bien d'émettre un jugement quelconque sur ces spécimens fin de race bien élevés et poussiéreux. J'ai toujours eu une mentalité de curieuse, et je tâchais de m'infiltrer dans ces réunions, où je dégoterais peut-être quelque chose d'intéressant, un week-end dans un château, sur un bateau en Bretagne ou une invitation à l'Opéra. J'étais indubitablement la meilleure danseuse de toutes les jeunes femmes présentes, au point de donner des instructions aux garçons inexperts. Mes sœurs ne raffolaient pas de mes apparitions subites, malgré mes promesses de rester dans ma chambre, au fond du couloir. Je prétextais de donner un coup de main, et je lavais des verres avec ma mère complice. Bientôt la cuisine exiguë se remplissait de volontaires à l'essuyage, autour de la petite Cendrillon qui avait fini ses devoirs et qui tâchait de se rendre utile. De la cuisine au salon, le pas était franchi rapidement et je passais d'un bras à l'autre dans des cha-cha-chas endiablés. Le be-bop était trop difficile pour eux. Mes histoires de théâtre amusaient et mon caractère intrépide les bluffait. Les hommes sont incorrigibles, dans une assemblée de femmes, c'est toujours la plus jeune qui est la plus courtisée. J'avais un succès fou. Je n'y étais pas insensible, une trêve après les railleries dont j'écopais avec Thierry. Je taisais cette liaison éprouvante et ma famille en ignorait la teneur. Je ne l'avais jamais invité à la maison, soupçonnant que ma mère, et plus encore mes sœurs, l'eussent détesté.

La rencontre eut lieu néanmoins et l'effet en fut catastrophique. La prédiction de ma fatale déchéance sembla trouver là sa cause. Un garçon qui avait de si mauvaises manières ne pouvait que me détruire. D'un certain côté, ce n'était pas faux. Thierry était destructeur, mais je prétends aujourd'hui qu'il saccageait la partie stagnante de ma personne, et qu'en me mettant sur la corde, en m'enfonçant dans une position inférieure, il a stimulé en moi la nécessité de trouver une parade qui jaillissait du profond de moi-même. Aucun modèle ne sert, dans ces situations-là, aucune barrière d'éducation ou de principes appris. On lutte avec des forces intimes, la provocation déchaîne la patience, la ténacité et l'imagination. On puise dans des ressources réelles, sinon on est balayé. Je suis, grâce à Thierry, devenue un être humain cette année-là. Thierry m'avait révélée à moi-même. C'était irréversible. Ces filles qui cherchaient un mari me paraissaient alors des malheureuses qui survolaient la vie. Tant pis pour elles, me disais-je, je vivrais ce que j'avais à vivre.

J'ai ensuite régressé, j'ai paressé, j'ai traîné, à plusieurs reprises au long de mon parcours, j'ai fait des pauses, j'ai plongé la tête dans le sable, je me suis réfugiée dans une facilité proposée. La femme que je devais être réapparaissait inévitablement. Elle m'obligeait à reprendre mon bâton de pèlerin, quitte à souffrir et à faire souffrir.

Parmi les connaissances de mes sœurs, il y avait quelques riches, d'un genre très distingué évidemment, fortune héritée, fortune développée ou fortune par alliance. On faisait grand cas de leurs privilèges, du bout des lèvres, sans paraître y attacher d'importance, en les critiquant presque. On décrivait pourtant minutieusement leurs maisons, leur train de vie, leurs domestiques, leurs réceptions et leurs collections de tableaux. Comment, avec tout cet argent, pouvaient-ils avoir choisi Saint-Tropez pour leur maison de vacances, ce lieu vulgaire, mal fréquenté, sans plage et au nord ? Sans parler du vent, du manque de musées et d'hôtels convenables où prendre le thé entre soi. Le monde se dégrade, décidément. Quant à leur fille, elle a acheté d'un coup tous les twin-sets en cachemire de chez Old England, les roses, les verts, les jaunes, les blancs, n'est-ce pas un peu nouveau riche ?... J'écoutais ces conversations, intriguée. J'aurais bien voulu un seul de ces twin-sets, le cachemire m'était encore une matière inconnue, et il me tardait d'en palper un jour. Un nom revenait fréquemment, un certain Fafi, qui avait si bien réussi en multipliant l'affaire de son père par cent. Il vendait des bonbonnes de gaz, et je ne trouvais pas cette activité d'un chic exceptionnel. Il était grand chasseur, venait en Sologne chez l'un de nos hobereaux présents, quand il n'allait pas en Alsace, à Diebolsheim, chez son ami Jean de Beaumont, premier fusil de France. Il avait le plus beau voilier de la Côte et sillonnait la Méditerranée avec des filles ravissantes, bien qu'il fût marié et père de deux enfants, dont la jeune fille des twin-sets. Des êtres de fable, pour moi, qui excitaient ma curiosité de la vie.

Un soir, nous donnions une fête et la plupart des invités étaient arrivés. À 10 heures, on sonna. Un retardataire ? Quelle surprise, c'était lui. Il entra avec un chien et deux jeunes femmes, très jeunes, dont l'une était sa fille. Elle avait à peu près mon âge, et on me la colla dans les pattes immédiatement. L'idée de ce cher Jean-François, dit Fafi, était que sa fille devait fréquenter des pauvres et apprendre quelque chose d'extraordinaire, le russe par exemple. Il avait entendu parler de nous, de l'ambiance festive et cosmopolite qui régnait à chacune de nos réceptions, il voulait que sa fille nous fréquente. Il remarqua aussitôt ma sœur Élisabeth, qui était une beauté. Son visage régulier encadré d'une douce chevelure blonde lui conférait un air mélancolique qui impressionnait les hommes, comme une vision de la féminité idéale. Il l'invita à je ne sais quelle réjouissance, un week-end à Londres, pour le shopping de Noël, ou un déjeuner à Madrid, pour une visite du Prado, je ne me souviens plus. L'invitation était tout à fait correcte, puisqu'elle avait eu lieu devant nous tous, et devant ma mère qui consentit. Il repartit dans un grand mouvement de manteau en poil de chameau, sympathique et fastueux.

J'étais folle de joie pour ma sœur. Elle se tâtait, et je l'encourageais avec toutes sortes d'arguments, l'anglais n'était-il pas sa deuxième langue, elle qui finissait une licence d'anglais, elle verrait l'Angleterre sous un autre jour, et il serait certainement très généreux.

Elle était hésitante, certes elle se sentait flattée mais se demandait déjà de quelle manière nous pourrions répondre à de telles largesses, comment remercier.

– En donnant des cours d'anglais à sa fille, par exemple ! répondis-je du tac au tac.

Rien n'avait l'air de la convaincre et je flairais qu'elle refuserait cette magnifique opportunité. Le lendemain, un fleuriste nous livra un somptueux bouquet, je n'en avais jamais vu de pareil. Des dizaines de dahlias mêlés à des fleurs des champs dans du feuillage roux et des rubans vaporeux, le tout planté dans un vase coûteux. C'était féerique. Seule à la maison, je réceptionnai le bouquet. À peine le livreur fut-il sorti que le téléphone sonna. C'était Fafi, mandataire de ce buisson. Il était très content de m'avoir au bout du fil, il était enjoué, presque familier. Il me dit :

– Ces fleurs sont pour ta sœur, il y a une carte pour elle, mais regarde dans le vase, il y en a une pour toi. Et il raccrocha.

Je me précipitai. Immergée dans la mousse humide, il y avait une petite enveloppe. Dans l'enveloppe un bristol avec ces quelques mots :

« Veux-tu venir avec moi à Cannes ce week-end ? »

Je n'en revenais pas. Ne devait-il pas aller à Londres avec ma sœur ? Que me proposait-il ? Pour qui me prenait-il ?

Je déchirai la carte, l'esprit en tumulte. D'un côté, j'étais charmée, plutôt amusée. De l'autre, je me trouvais devant une situation ingérable, qui ne manquait pas de piquant. Le soir, au dîner, ma sœur déclara qu'elle n'irait pas en Angleterre, qu'elle avait beaucoup de travail, et que ce Fafi, gentil et entreprenant, ne lui plaisait pas. Il lui arrivait à l'épaule et il se comportait comme un homme gâté, qu'elle ennuierait rapidement. D'ailleurs elle n'avait pas de bagage convenable ni de toilette adéquate.

Elle exagérait, Fafi n'était pas grand, mais il était bel homme, courtois et juvénile. Il était coureur de jupons, on l'avait compris, mais pas chien. Les fleurs généreuses en témoignaient.

Le lendemain, un autre coursier apporta un sac de voyage Vuitton pour ma sœur, et un service de verres à vodka pour ma mère. Il avait entendu l'autre soir que nous en manquions. Nous étions perplexes. Fallait-il accepter tous ces cadeaux ? Ma sœur était prête à tout rendre, et moi je disais que pour lui c'était une goutte d'eau, que ça lui faisait plaisir, ses attentions étant cette fois mieux placées qu'auprès des pétasses qu'il rencontrait tous les jours. Je fus grondée, comme il se doit, mais on garda la valoche et les gobelets. Intérieurement, je rigolais. Si elles savaient !... Je croyais maîtriser la situation, mais la pensée de cet homme ne me quittait plus. Il avait planté une flèche intrigante dans mon ego.

Le jour suivant, je sortais du lycée à 4 heures et demie, comme d'habitude, quand je le vis, debout près de son Aston Martin, en bas du grand escalier d'entrée. Je restai sans voix.

– Je te raccompagne à Paris, veux-tu ?

Et devant toutes mes copines médusées, je m'étendis dans le bolide au ras du sol, tandis qu'il faisait ronfler le moteur chavirant. J'avais du stylobille sur la figure et sur mes lèvres gercées. Il me tendit un mouchoir de percale. Il souriait, ravi. Il m'expliqua qu'il n'avait jamais songé à inviter quelqu'un d'autre, mais qu'il avait utilisé ce stratagème pour arriver jusqu'à moi. Qu'il me trouvait unique et ravissante. Qu'il rêvait de moi chaque nuit.

Mes aisselles et mon sexe en fondaient d'aise. Je trouvais cet homme séduisant, franc et direct. Il me plaisait. Je pensais, depuis l'année d'observation que je venais de passer, qu'il correspondait à l'image de l'homme idéal que j'attendais, viril, décidé et amoureux. Il ne me brusqua pas. Il prit ma main et dit :

– C'est trop tard, nous n'y pouvons rien ni l'un ni l'autre. Nous nous sommes trouvés.

Ce n'était pas un poète, il avait eu du mal à formuler ça. Mais il était sincère, je le voyais.

– Je vais t'aider, je vais dire à ta mère que nous allons à la campagne avec mes enfants.

J'étais sur une troïka enchantée qui m'emmenait vers des contrées paradisiaques, je n'avais plus de volonté, plus d'orgueil, j'étais une femme qu'on adule, qu'on protège et qu'on plaint. Pauvre petite, elle n'a jamais rien eu. On va corriger cette injustice. On va effacer les années de malheur, les traces du martyre qui n'a que trop duré. J'étais plus méritante qu'une autre, ce bonheur m'était dû.

Le jeudi soir, il m'emmena chez Hermès où il m'acheta deux valises de tailles différentes en toile et cuir. Je les ai toujours dans un grenier, elles sont increvables. Puis nous passâmes chez Marie-Martine, la boutique de prêt-à-porter de la rue de Sèvres devant la vitrine de laquelle j'avais souvent collé mon nez, sans entrer. Il m'acheta plusieurs robes, des chaussures et un collier de perles de verre que je revois encore, à plusieurs rangs. Tout ce qu'il m'achetait était sobre et de bon goût, mais je me demandais quand même quand je mettrais ces jupes bouffantes et ces jupons de faille. Il garda le tout dans le coffre de sa Bentley, sa voiture de ville. Lui-même fit quelques achats avec une assurance et une rapidité foudroyantes. Il me demandait aimablement ce que je pensais de telle cravate ou de tel gilet, mais en tenait peu compte. Je regardais, étourdie, le luxe se déballer sous mes yeux. J'en avais le vertige et étrangement je me sentais à l'aise, dans une dimension qui me semblait juste, comme quelque chose qui rentrait dans l'ordre, qui m'attendait. Je ne suis pas attirée par l'argent, mais je trouve que l'argent est naturel, que tous devraient pouvoir se procurer des vêtements en beau tissu, bien coupés et doux à la peau. Dans les moments de dèche, je n'ai jamais acheté que des effets de bonne qualité. J'attends les soldes, je demande des réductions, mais je trouve normal de porter ce qu'il y a de mieux. La mode poubelle a brouillé les choix, mais les grandes marques existent encore, heureusement, profitons-en, tant que ça dure.

Le vendredi soir, il passa me chercher, prit le temps de bavarder avec maman, mes sœurs n'étaient pas encore rentrées de leur travail, et j'en étais plutôt contente, elles auraient sûrement fait des remarques acides. Maman, totalement dupe, se réjouissait pour moi.

Nous prîmes la route dans sa voiture de sport en métal argenté. Je demandai où étaient les bagages, dans ce minuscule habitacle. Il répondit avec naturel que son chauffeur les avait descendus à notre étape, un hôtel trois-étoiles près de Dijon. Nous passâmes sous les fenêtres de Thierry, j'eus un moment d'appréhension, il me tuerait s'il me voyait, et je ne pus m'empêcher de me tasser sur mon siège. Puis aux abords de mon lycée, je voyais les grands toits sur la colline, demain je sécherais un cours d'histoire et un cours de gym. Je n'étais plus à un mot d'excuse près, signé de ma mère ou pas. Une vie nouvelle s'était emparée de moi, je n'y pouvais plus rien.

Nous foncions dans le soir tombant, Fafi me montrait son compteur qui indiquait 230, sur les nationales où la vitesse était limitée, naturellement. Il conduisait fermement et sagement, en ralentissant dans les villages. Je me laissais porter, subjuguée, en suspension. J'étais sur la grande roue, dans une foire dont j'étais l'étoile. Mon sexe frémissait. Il ne voulait pas faire mauvaise figure, ni m'entraîner sans réserve, ni me gâcher la fête par trop de précaution. Il se laissa embarquer, lui aussi, la lutte était inégale, il n'était pas de taille à résister.

Premier grand hôtel de ma vie. Voiturier, bagagiste, concierge, liftier, femme de chambre. Quand, Bon Dieu, serions-nous seuls ? Fafi réclamait toutes sortes de détails, avec un ton autoritaire, affable et précis. Les robes étaient non seulement déjà là, mais repassées et accrochées dans l'armoire. Fafi choisit délicatement ma toilette. De toute façon, s'il m'avait dit de m'habiller en chou-fleur ou en lapin, j'aurais dit oui. Je planais, le sourire imprimé sur mon visage commençait à me tirer les joues. Les miroirs de la salle de bains me renvoyaient le reflet d'une autre personne, l'habitante d'une autre planète, où tout était facile et agréable. Nous descendîmes dîner.

Il commanda pour moi, il fallait absolument que je goûte la friture de rivière, c'était la spécialité de la région, et le canard de Bresse aux pêches, un délice. Le dessert serait une surprise du chef de ce trois-étoiles dont Fafi était un habitué. Je ne laissai rien dans mes assiettes, et j'appréciai surtout le vin, un Clos Chambertin dont je me souviens encore. Mon premier grand vin. Je n'imaginais pas qu'un tel nectar existât. Fafi était aux anges, mon enthousiasme l'enchantait, il avait enfin trouvé une compagne pour ses virées gastronomiques. Notre conversation roula principalement autour de ce que nous mangions.

Nous nous sommes embrassés devant la porte de notre chambre. Fafi voulut me porter dans ses bras jusqu'au lit. Il était plein d'attentions conventionnelles et bien exécutées. Je n'ai jamais pensé qu'il avait de l'entraînement, convaincue, au plus profond de moi-même, que j'étais son premier amour... Mon innocence triomphait, cet homme de quarante ans (un vieux !) vivait les mêmes heures que moi, les mêmes émotions, nous nous unissions dans la pureté de ma première fois...

Il me déshabilla, alluma des bougies, éteignit les lampes et écarta la chemise de nuit raffinée qui m'attendait sur l'oreiller. Je ne disais rien. J'étais momifiée.

Fafi me caressa doucement, il m'embrassa sur tout le corps, puis il fit cette chose que je trouvai incroyable, il plongea son visage entre mes jambes, il usa de sa langue comme d'une verge qu'il enfonçait dans tous les replis, de plus en plus insistant. Je m'étais immobilisée, à l'affût de mes sensations, en attente de la suite. Je compris qu'il y avait une escalade de gestes, de mouvements, comme dans une symphonie ou la dramaturgie d'une pièce de théâtre. Ça grimpait, les accents devenaient plus forts, le rythme plus saccadé. Enfin il remonta vers moi et me pénétra.

Je ne ressentis rien de spécial. J'étais satisfaite que ce paroxysme tant attendu soit arrivé, pour lui, pour notre histoire, pour que je sois enfin une adulte. Fafi eut son plaisir sans se retirer et il m'entraîna dans la salle de bains pour me doucher à l'eau froide sur le bidet. Il avait un système en enlevant le pommeau de la douche, pour faire gicler l'eau glacée dans mon vagin, remède radical, affirmait-il, contre la vitalité des spermatozoïdes. Je ne savais rien de tout cela, et mon sexe protesta. Il se recroquevilla pour le reste de la nuit. Les tentatives d'approche de Fafi n'aboutirent à rien.

Au petit déjeuner, il me demanda avec qui j'avais fait l'amour avant lui.

– Avec personne, lui répondis-je, indignée.

– Tu n'étais pas vierge, ma chérie, dis-moi la vérité.

Ingénument je lui parlai de Thierry, mais pas de nos embrassades dans les cafés. Il me dit que ce voyou n'était pas digne de moi, et qu'une fille de ma qualité devait faire attention à ses fréquentations.

Je retins qu'il était amoureux de moi, qu'il combattait légitimement contre un rival, mais qu'il n'était pas très dialectique et que son intellect laissait à désirer.

Le week-end fut tendre et feutré, comme les nombreux autres week-ends que je passai avec lui. Le luxe m'allait comme un gant. Fafi me couvrait de cadeaux qui restaient entreposés dans sa garçonnière de la rue de Lille. Il était très présent et je me demandais à quel moment il travaillait. Son occupation principale semblait être la recherche de tous les plaisirs possibles en poursuivant le soleil toute l'année, là où il se trouvait. Je connus Megève, Gstaad, la Turquie, Saint-Tropez, Saint-Martin, la Corse, les îles Turks and Keikos, etc. Je rencontrais ses amis milliardaires, leurs épouses et leurs maîtresses. On trouvait qu'il me traitait bien, et je ne me posais jamais la question de ce qu'on pensait de moi. Je jouais le jeu de ce bonheur mis en scène à la perfection. Seule ombre au tableau, il me trouvait frigide.

6.

Thierry naviguait toujours dans les parages, son influence devenait irrégulière, mais demeurait vivante.

Il désapprouvait furieusement ma relation avec Fafi, sur le plan éthique et philosophique, mais elle le fascinait. Il me demandait de lui raconter tout ce que je vivais avec lui, dans les moindres détails, tel un romancier vorace qui accumule du matériau pour un roman. Je parie qu'il prenait des notes, des noms, des adresses. On aurait dit qu'il cherchait à faire chanter quelqu'un. J'avais toujours quelques billets en poche, à présent, qu'il s'employait à dépenser avec moi, un bras de fer pour assécher cette fontaine qu'il jugeait infâme, tout en profitant de son eau. Je me détachais de lui progressivement, subodorant que cette double vie deviendrait bientôt intenable. Je n'étais pas mécontente de me venger ainsi de ses mauvais traitements, mais je constatais qu'un nouvel attachement se scellait entre nous. Notre situation ambiguë apportait de la saveur à notre amour. Nous n'étions plus un petit couple de

Saint-Germain-des-Prés, nous frôlions l'enfer et ses odeurs sulfureuses. Ce n'était pas pour lui déplaire. Quant à moi, je ne voulais rompre ni avec les garçons de mon âge, ni avec la vie de bohème, féconde et instructive. Il me semblait que j'y reviendrais un jour ou l'autre, par un biais encore inconnu. Les conversations de droite que j'entendais dans les dîners et les salons me choquaient, je peinais à garder le silence. Mon camp se dessinait de jour en jour, polluant mon adhésion à ce monde d'argent et de pouvoir que je suis heureuse d'avoir côtoyé un temps, afin d'en conserver une idée juste.

Dans une telle confusion, l'élément libérateur ne pouvait être qu'un troisième homme. Plusieurs fois, au cours de ma vie, j'ai eu l'instinct sauvage de compliquer une situation pour la dénouer. J'ai couché avec le meilleur ami d'un garçon qui voulait quitter sa femme pour moi, j'ai rappelé un homme que j'avais évincé pour en gagner un autre, je suis coupable de machinations et de manœuvres crapuleuses, et je défie toute femme de jurer qu'en amour elle n'en a jamais fait autant. Les hommes que j'ai brutalisés se sont vengés, soit sur moi, soit sur d'autres. Ainsi la roue tourne, la blessure circule, comme dans Marivaux.

Ce ne sont pas des souvenirs heureux, ce sont des fièvres de croissance. Je ne m'en vante pas, je crains seulement qu'elles ne soient inévitables. Il faut toucher le Mal pour aimer le Bien. Pascal ne me contredirait pas, ni Baudelaire, ni Joyce, ni Henry Miller.

À ma petite échelle, le mal s'appela Jacek. Il suivait les cours de l'IDHEC, dans une autre promotion que celle de Thierry. Il était polonais, sombre et alcoolique à vingt ans, ou faisait semblant de l'être pour honorer la tradition polonaise, mais en ménageant son avenir. Il aurait un grand avenir, il le savait déjà.

Il était flamboyant de beauté, nihiliste et sans humour. La fibre slave joua entre nous comme un ciment de désespoir et d'exclusion. J'acceptai ce territoire momentanément, pour lui plaire. Les Français ne nous comprendraient jamais, ils n'étaient qu'un peuple de notaires et de conservateurs. La Révolution, la vraie, venait de chez nous. Ce « chez nous » restait flou pour tous les deux, moi avec mes amours trois-étoiles, lui avec sa vie parisienne de fils de diplomate. Ses attaches avec la Pologne étaient aussi distendues que les miennes avec la Russie, soviétique ou pas. Qu'importe, nous tenions là une aire de lamentation qui nous singularisait du troupeau. J'ai éprouvé un violent coup de cœur pour ce héros dostoïevskien, il eut le coup de foudre pour ma fraîcheur et mes pommettes saillantes.

Le plan fut ourdi. Je présentai Jacek à ma mère, qui tomba sous son charme instantanément.

Thierry l'apprit.

Un jour que nous prenions le thé à la russe, avec des zakouski, il déboula chez nous et carillonna. Maman ouvrit la porte, il la bouscula, me gifla et attrapa Jacek par le collet en l'insultant avec des mots orduriers. Un corps-à-corps s'ensuivit, Thierry avait le dessus, sa technique de la bagarre des rues avait été rodée dans les échauffourées entre bandes adverses. Les coups fusaient, nous étions affolées, nous n'avions jamais vu ça, ni maman ni moi. Je pensai à Marlon Brando dans *Sur les quais*, le sang en noir et blanc est plus émouvant. Ils se battaient comme des chiffonniers, leurs lèvres saignaient, on les poussa dehors avec la ferme intention de ne plus les voir, ni l'un ni l'autre. On entendit encore un peu de chahut dans l'escalier, puis plus rien.

Thierry n'osa pas rappeler avant plusieurs semaines. Il m'annonça qu'il partait faire son service militaire à Montluçon, une planque que son père lui avait procurée en attendant d'être admis au SCA (service cinéma des armées). J'eus pitié et je promis d'aller le voir là-bas, ce que je fis un jour. La douche froide de mon flirt avec Jacek avait fonctionné. Le tromper avec un homme riche et quadragénaire ne l'avait pas inquiété, mais le narguer avec un garçon de sa génération, talentueux futur metteur en scène, l'avait mis hors de lui. Le prix de ces jeux est une brûlure qui reste à vie. Notre amour ne survécut pas. J'avais souhaité le sacrifier, en somme.

Je perdis donc mes deux soupirants, mais je gardai mon protecteur, de plus en plus amoureux et qui parlait de divorce, de mariage et d'éternité.

J'eus très vite la preuve que c'était de la blague.

7.

Les beaux jours approchaient. Mes examens aussi. Au lycée, on me donnait pour battue en raison de mes absences et de mon peu d'assiduité. Il faut dire à ma décharge que ce qui se passait en dehors de ce foutu bahut était captivant, autrement éducatif que les cours de physique et chimie. D'un côté l'immobilité des bibliothèques intemporelles, de l'autre le tournoiement de mon présent privilégié. J'opérais des allers-retours express, un peu déphasée à la fois ici et là-bas. Je devais sans cesse faire appel à ma souplesse d'esprit, contorsionnisme adroit qui en toutes circonstances me permettait de faire la culbute sans dommage. Cette ductilité m'a rendu de fiers services toute ma vie.

Mon allure avait changé, nous étions à l'âge des mutations. Je devenais une femme.

Fafi se comportait comme un bon papa, il m'enfermait dans les chambres des diverses maisons de campagne les après-midi pour que je travaille, mais il s'attendrissait quand il me voyait débarquer en cuissardes au bord de la rivière où il pêchait. Je m'étais échappée par la fenêtre en escaladant le mur. Il me grondait mollement car il approuvait secrètement que je me passionne pour les mouches à truite plutôt que pour Voltaire. Il ne m'embrassait jamais devant ses copains, le code de bonne éducation de ces messieurs polygames l'interdisait. On amène sa maîtresse, mais on ne s'exhibe pas en mamours adultères devant les amis.

C'était dans les chambres, donc, qu'il exprimait son amour. Son énergie était inépuisable. Après le sport, après les grandes marches, le ski, la voile, le tennis, il regorgeait encore de sève. Il est l'homme le plus infatigable que j'aie jamais connu. Sa santé exceptionnelle l'armait d'un caractère impossible, exigeant et pressé, mais responsable. Pensant que personne ne ferait aussi bien et aussi vite que lui, il se chargeait de tout. Près de lui, on se sentait totalement assistée. Ou muselée. Au bonheur du jour. Selon qu'on avait envie ou non d'être spectatrice de sa compétence. J'oscillais d'un sentiment à l'autre, mes ailes poussaient, voler toute seule me démangeait avec une fréquence accrue. Mes rébellions inoffensives l'amusaient sans le perturber. Il était de ces hommes qui pensent que les femmes puisent leur charme dans le caprice, l'inconséquence et la faiblesse. Un macho de première, quoi.

Tout devait donc lui céder. Tout lui cédait, à ce stade de sa vie où il était au sommet de sa puissance, de sa fortune et de son physique. Les combats intellectuels n'étaient pas pour lui et, sagement, il ne s'y frottait pas. Sa logique et sa morale lui réussissaient, les autres n'avaient qu'à en faire autant. Son talon d'Achille, c'était moi. Il était troublé par le fait que je n'avais pas d'orgasmes. Il avait connu beaucoup de femmes avant moi, aucune ne réagissait aussi peu aux assauts de sa science et de ses désirs. Il me donnait des indications, me priait de bouger, de fermer les yeux, de les ouvrir, d'onduler du bassin, en bref de participer. J'obéissais, confuse de mon peu de talent, mais mon sexe me jouait des tours, je lui aurais tordu le cou. J'aurais tellement voulu satisfaire cet homme si généreux, dédié à mon bonheur, j'aurais aimé m'inscrire dans les rangs de ses valeureuses compagnes de lit. Mais mon sexe, impassible gardien du temple, me lançait des messages que je ne comprenais pas. Je crus longtemps que j'étais inapte à devenir amante, que j'étais nordique, froide et distante comme une princesse dans le Bois Dormant. Fafi s'en désespérait, avec un altruisme apparent. Il s'agissait de me dégeler. On eut recours à des couvertures chauffantes, à des onguents à la corne de rhinocéros, à des images érotiques, à des vibreurs d'avant-garde procurés aux États-Unis, à des ébats dans l'eau chaude d'une baignoire double. Rien n'y faisait. Cela me chagrinait. J'aurais bien voulu ressentir les merveilleuses sensations promises. La sexualité devenait de jour en jour une corvée et une épreuve.

On fêta mon bachot dans le studio de la rue de Lille, après un dîner chez Lucas Carton. Le grand lit qui occupait toute la pièce geignait sous nos gesticulations mais mon ventre ne voulut rien savoir. On eut beau le travailler selon la théorie du Tao, ou le bousculer avec des méthodes plus énergiques, son inertie me navrait. Elle devint une hantise... L'indulgence de mon instructeur finirait par se tarir. Que deviendrions-nous ? J'ignorais que les femmes ont recours à la simulation, pour ne pas décourager leurs compagnons. J'en aurais d'ailleurs été bien incapable, ne sachant pas comment s'exprimait la jouissance féminine. Elle ne pouvait ressembler à celle des hommes, dont je ne connaissais qu'une version. Fafi n'était pas bruyant pendant l'orgasme, il émettait seulement des sons différents de sa voix habituelle, comme un ventriloque. L'imiter aurait été grotesque. Je n'ai jamais pu faire semblant, la supercherie me paraît trop déchiffrable, et l'offense inqualifiable. Pourquoi mentir ? Ce serait déconsidérer l'homme, songer qu'on le dupe aisément. J'ai besoin d'une solidité en face de moi, que je respecte et que je ne renie pas traîtreusement. Les hommes aiment sans doute les résultats faciles, une femme qui ne jouit pas est un échec personnel. Ce n'est pas une raison pour leur servir de ce pain-là.

Nous avions un programme dense pour l'été. Une croisière vers la Corse, des crochets à Portofino, une semaine à la montagne, quand la Côte est envahie, et un séjour en Écosse, pour chasser la grouse, première ouverture de chasse en août, avant toutes les autres.

Notre relation était désormais officielle, au moins auprès de ma famille et de notre entourage de vacances. Je pouvais acheter des fringues chez Vachon à Saint-Tropez sans payer, ou demander à la secrétaire de Fafi de me réserver un billet d'avion ou un taxi, je pouvais utiliser le téléphone ou le scooter du bateau, mais je n'avais jamais vu l'hôtel particulier du Trocadéro, ni rencontré Madame qui avait des circuits fort différents des nôtres, par chance. Je régnais sur le voilier, dans les voitures et dans les villas des amis. J'ai dû en énerver plus d'un avec ma désinvolture et mes libertés. Mobilité de chèvre attachée à son piquet, car mes faits et gestes étaient observés et rapportés par les différents sbires et domestiques. Je voulais prendre cette surveillance pour de l'attention. Jusqu'ici, personne ne m'avait aimée de façon si enveloppante. La mariée était trop belle, je devais payer bien vite autant d'inconscience.

Au mois de juillet, mes règles n'arrivèrent pas, mais comme j'avais fait beaucoup de sport, du ski nautique, de la plongée sous-marine et de longues séances de bronzage sur le pont du bateau, je ne m'inquiétai pas, et Fafi non plus. En été, la vie au soleil modifie le tempo et les réflexes de l'organisme. Au mois d'août, elles ne vinrent pas non plus. On décida de consulter un médecin. Le gonflement de ma poitrine était caractéristique : j'étais enceinte.

Affolement général. Fafi me pria de ne rien dire à personne. Je paniquais à l'idée qu'il me demande de garder cet enfant, mais pas du tout, il organisa un voyage en Suisse, chez un gynécologue qui consentait à pratiquer les avortements, à prix d'or. C'était tout à fait interdit en France, les femmes se charcutaient elles-mêmes pour qu'on les hospitalise.

Il opéra dans son cabinet, furieux d'intervenir si tard, à presque trois mois. Il maugréa pendant toute l'intervention, moitié en français, moitié en allemand. Ce fut douloureux et interminable.

Fafi, piteux, m'attendait dehors. Il vit à mon visage qu'une cassure avait eu lieu. Entre lui et moi. Entre moi et moi. Entre mon sexe et la vie.

Je dois à cet épisode vingt ans de cauchemar et de chagrin. Mon ventre meurtri prenait une revanche cinglante. Il était au cœur du calvaire, mais il avait gagné sa place centrale, à coups de bistouri. Je n'avais pas écouté ses mises en garde. Je ne lui avais pas donné l'importance à laquelle il avait droit. Nous vivions ensemble ce hara-kiri, mais je ne me doutais pas qu'un long chemin de croix nous attendait encore.

8.

Les attentats et la vengeance avaient dégénéré en conflit total en Algérie. On mit quelque temps à utiliser le mot « guerre », tant son spectre faisait horreur. Notre génération qui ne l'avait pas connue la découvrait tristement. L'Indochine avait paru lointaine et réservée aux guerriers professionnels. La guerre d'Algérie grondait à nos portes et nous touchait tous. Les clivages politiques se creusaient, les partis reprenaient du galon, après une IVe République d'opérette. Les sombres prévisions de Thierry se vérifiaient et les jeunes compagnes des appelés répétaient sans joie la condition de leurs mères et de leurs grand-mères. Le patriotisme ne faisait vibrer aucun cœur et nous pensions que la place de nos garçons n'était pas dans les montagnes des Aurès, à se faire canarder pour rien. L'esprit général était de se défiler, de trouver toutes les combines possibles pour ne pas être enrôlé. Les mouvements pacifistes se multipliaient, partout sur le globe, émanant des jeunes principalement. La presse s'enflammait, les intellectuels ferraillaient, on ne pouvait ignorer leurs positions. On dénonçait les horreurs, les gaullistes s'indignaient, leur anticommunisme triomphait, surtout depuis que les Hongrois avaient résisté aux chars russes. Tout ramenait à la même question : peut-on empêcher les peuples de s'autodéterminer ? Un grand vent de marxisme revisité flottait au-dessus de nous, il était fatal que je me laisse emporter.

Fafi a occupé une place prépondérante dans mon apprentissage, mais je ne le mets pas dans le registre de mes amours. Il nous a quittés l'année dernière, nonagénaire, toujours gaillard et entouré d'une nuée de jeunes femmes, il ne lira pas ces lignes qui l'auraient désolé. Un homme comme lui ne peut pas susciter l'amour. Il n'était pas à l'écoute de ce qui se tisse entre une femme et un homme, il reproduisait sempiternellement un modèle de relation, une grille de conduite qui interdisait toute variante, et qui l'enfermait dans une solitude accompagnée. Il n'était jamais seul, mais il n'était jamais avec personne. Il a incendié tous les ponts et les amarres qui pouvaient le relier aux autres à force d'autorité dictatoriale. Il ne s'est pas renouvelé, par exemple, quand ses enfants ont refusé les meubles anglais coûteux qu'il avait accumulés au cours de sa vie, sans jamais dévier de style, il en a été très étonné. Je connais beaucoup de gens tournés ainsi vers le passé.

On les appelle conservateurs. En réalité, ils sont frappés d'immobilisme.

Les événements d'Algérie me révélaient que le « vrai » officiel n'était pas toujours le vrai, que la lutte entre l'ancien et le nouveau sous-tendait chaque action, et moi je souhaitais me placer du côté du nouveau.

Le vecteur de ma prise de conscience politique fut mon premier amour numéro trois.

Il s'appelait Reuben, mais tout le monde l'appelait Rubi. Il était le fils unique d'une riche famille juive d'Alexandrie chassée d'Égypte par Nasser. Jeune cameraman déjà prometteur, il n'était pas mécontent d'avoir dû s'expatrier, attiré par la France, par Paris et sa vie bouillonnante dont il avait rêvé pendant son adolescence à travers la presse française qu'il dévorait là-bas. Il était francophone comme les Sicurel, les Aghion et les Beressi. On avait séquestré une partie de leurs biens et la prudence gouvernementale les avait gentiment priés de partir : ils étaient l'élite de gauche du pays. Ceux qui s'opposèrent à ces directives finirent en prison. Rubi vivait cet exil douloureusement, cultivant la nostalgie et la combattant en même temps. Il adorait la France, mais prétendait que son léger accent et son teint basané ne plaisaient pas aux flics qui pratiquaient librement la loi du faciès en ces temps troublés. Il se forgea un personnage ténébreux mâtiné d'humour méditerranéen qui faisait des ravages. Il était élancé et portait magnifiquement les vestes et les pantalons de velours. Son regard noir barrait son visage régulier qu'il posait élégamment sur ses longues mains croisées pendant qu'il vous écoutait. Les femmes tombaient comme des mouches.

J'avais été remarquée par des photographes et je commençais à poser pour eux. Je n'avais pas une silhouette de mannequin, on m'employait pour les photos de « beauté », les bijoux, les fourrures ou les coiffures. Je montrais ces photos avec fierté bien qu'elles ne me ressemblassent guère. J'avais l'air dénaturé des filles de l'époque, maquillées et coiffées comme des poupées. Quelques-unes furent publiées, sur des pochettes de disques ou des publicités de parfum. Je gagnais quelques sous dont j'étais encore plus fière. J'acquérais une autonomie face à Fafi et à Thierry, toujours narquois quant à ma volonté de me libérer de ma cage dorée.

Du côté de ma sexualité, c'était plus morose. L'épreuve de l'avortement m'avait murée dans la réserve et la méfiance. Je ne communiquais plus avec mon sexe. Son autisme dura longtemps. Je peux analyser aujourd'hui ce qui ne m'était pas clair alors. Voulais-je ignorer la fragilité du con. Je minimisais la gravité du traumatisme que nous avions enduré, par bravade, par santé ou par jeunesse. Je feignais d'être indemne, lavée de toute séquelle. Je n'allais pas pleurer sur mon sort. Les chairs, ça se reforme, on en connaîtrait d'autres. Un accouchement, diable, c'est autrement plus violent. Les cellules reconstituées n'ont pas de mémoire, elles sont neuves, un point c'est tout. Pourtant, dans un coin de ma libido, j'étais brisée. J'avais subi les conséquences d'un amour que je n'avais pas ressenti. J'avais trop misé sur ma chance, sûre qu'elle ne me quitterait pas, moi l'intouchable à qui il n'arrive rien de mauvais. Je narguais dédaigneusement le malheur. Il n'était pas pour moi. J'ai utilisé cette technique d'autres fois, ça fonctionne assez bien.

Mais j'avais des flottements. Quand ma confiance basculait, j'envisageais le vœu de chasteté. L'abstinence, dans ces moments-là, se propose avec autant de pertinence que la curiosité du sexe. Un autre choix existe, une autre direction, grisante et absolue. Le Ciel me l'indiquait par l'accident de cet été, pour me récupérer au sein des Purs et des Âmes désincarnées. J'étais prête à me tourner vers le Haut, j'aurais la légèreté des anges et le sourire de leurs effigies.

Ces options admirables défilèrent dans ma tête jusqu'à ce que je rencontre le désir, frontal et incarné, qui ferma le clapet à toute hésitation.

Un soir, aux Deux-Magots – je revois la longue table composée de quatre petites tables réunies, je revois la lumière blafarde des appliques et le clignotement du feu rouge à travers les vitres de la terrasse –, nous étions un groupe de mannequins et de photographes du journal *Elle* après un après-midi de studio.

Rubi était à l'autre bout de la table, très affairé à expliquer quelque chose de vital à une ravissante Danoise dont le tour de taille et le long cou défiaient les lois de l'anatomie. Soudain nos yeux se croisèrent et ce fut un éclair rouge. Je vis matériellement une illumination et un zoom avant fulgurant qui nous rapprocha à quelques centimètres l'un de l'autre. Je distinguai d'infimes détails de ses tempes, de ses arcades sourcilières et de ses lèvres au-dessus desquelles quelques poils bruns commençaient à poindre. Le brouhaha de la salle se transforma en sons étirés, orgue ou musique à l'envers... J'en avais la chair de poule.

Rubi baissa les yeux. Puis il mit sa main en visière devant son front, comme pour se protéger du courant violent qui perdurait entre nous. Moins prudente que lui, je continuai à le regarder. Une voix intérieure me chuchota : c'est lui.

Enfin ma libido reprenait le dialogue. L'irrationnel exquis nous réconciliait. On partirait à la quête de cet amour-là, figure imposée de mon inconscient.

Je m'informai discrètement. Rubi avait quinze ans de plus que moi, il était ombrageux, communiste et insaisissable. Il était divorcé d'un mariage précoce en Égypte, avait plusieurs maîtresses, une ancienne qui venait de mettre au monde un enfant qu'il n'avait pas voulu, et une autre, grande bourgeoise mariée plus âgée que lui. La première était moche et intelligente, la deuxième avait été une reine de Paris, mais péchait par son peu de cervelle. Et puis il y avait toutes les autres, innombrables jolies filles qui gravitent autour de la mode, les modèles, les journalistes, les acheteuses pour les grands magasins ou les attachées de presse des grandes marques. Une faune cosmopolite et snob.

Je ne me rendais pas compte que moi-même, j'appartenais à la confrérie des snobs. De l'extérieur, j'en présentais tous les stigmates. J'étais pourtant une débutante.

Je ne savais rien de lui, mais son visage exprimait la bonté et la souffrance. Visiblement, la vie ne lui était pas commode. Il semblait tirer le meilleur parti de ses possibilités, mais la douleur et l'inquiétude ne s'estompaient pas. J'ai déjà dit que mon instinct est de voler au secours des handicapés, je trouvai là un cas subtil et original, et un homme séduisant. Terriblement séduisant. L'exotisme de Rubi ravissait les Françaises, mais pour moi sa beauté était ailleurs.

Sa résistance à la vanité me touchait. Il s'efforçait de nier son physique, refusait d'être la proie de ces dames. La condition d'homme désiré l'ulcérait. Sa sensibilité aiguisée dans l'exil, sa soif de réflexion et de légitimité le marginalisaient tout en redoublant son charme.

C'était inextricable. Plus Rubi évitait de profiter de ses atouts, plus il avait de succès. J'ai été conquise par cette folie, cette humilité et ce tourment. Les contradictions le déchiraient. Il aimait le luxe et les beaux appartements, il achetait les appareils photo les plus sophistiqués et les chaînes Hi Fi les plus chères, mais il n'avait pas de voiture, il dormait à l'hôtel, aimait traverser Paris à pied pour regarder le Louvre et les éclats de soleil dans la Seine. Il était célèbre, les journaux féminins se l'arrachaient, il commençait à gagner de l'argent. Mais rien de tout cela ne se devinait. Rubi aurait voulu être transparent, qu'on ne le remarque pas. Il mangeait des herbes et des yaourts. Quelque bon vin, parfois, par raffinement. Insatisfait endémique, il avait très peur de mourir.

Deux ans passèrent avant que notre histoire prenne corps.

Tout ce que j'ai entrepris à partir du jour de notre rencontre a eu pour seul but, pour seul espoir, que nous nous retrouvions. J'ai construit de toutes pièces les conditions d'éclosion de cet amour, avec mes modestes moyens d'apprentie femme que l'appétit de vivre avait déjà blessée.

9.

Personne ne me croyait.

Fafi, pour justifier son échec, me soupçonnait de mille mensonges, Thierry disait que je n'avais pas de caractère, que je n'étais pas à la hauteur, du moins pour attirer l'attention de Rubi. Ni assez jolie, ni assez culottée, ni assez enviée. Il fallait que je trouve ma force, et son point faible, comme au karaté.

Pour commencer, il fallait que je le voie. Son meilleur ami, peintre et photographe, me tournait autour. Je l'avais connu dans la bande de Montparnasse, il était jovial et extraverti. Je lui donnai quelques espérances et acceptai de sortir avec lui, dans l'espoir des dîners entre amis, avec Rubi et les autres.

Les soirées se succédaient, Rubi ne se montrait pas. Sa liaison avec la riche femme du monde l'accaparait, me disait-on. On parlait de lui comme d'un personnage à part, insupportable et génial. Il révolutionnait l'image de la femme dans la mode, il avait un grand style, comparable à celui d'Avedon, de Penn ou de

Brodovitch, leur maître à tous. Il faudrait donc que je sache bien vite qui étaient ces célèbres New-Yorkais. J'écoutais attentivement les conversations, je m'instruisais pour m'imprégner du milieu dans lequel Rubi évoluait, mais je pensais que mes chances d'intéresser un homme comme lui étaient très faibles. Mon impatience de le revoir augmentait avec ma crainte et ma timidité. Il était trop pour moi, jamais il ne me jetterait de nouveau un regard, je m'étais méprise...

Ce sentiment d'inquiétude précède le grand amour, je l'ai remarqué par la suite. Je pensais à lui constamment. Je parvenais à l'oublier quand d'autres objectifs m'absorbaient vraiment, mes premiers rôles au cinéma, mon inscription à la Sorbonne... Mais dans mes rêves, le visage de Rubi revenait, en très gros plan, ainsi que je l'avais capté la première fois.

Période obscure et floue pour mon sexe. Nous attendions quelque chose. Thierry réapparaissait à ses permissions. Les cheveux courts et l'odeur des casernes ne le valorisaient pas. Je ne savais pas lui résister. Il me dominait. À cette période de ma vie, les hommes me dominaient. Peut-être me dominent-ils toujours, sur le terrain sexuel. J'étais mécontente de moi, mais nous faisions encore l'amour, il se glissait dans ma chambre à l'insu de ma mère en passant par la fenêtre qui donnait sur un petit toit accessible par la cage d'escalier. Ne pas faire de bruit dans l'obscurité réduisait nos élans, mais pimentait nos ébats. La peur d'être pincés nous glaçait. L'érotisme fuyait. En outre, nous n'étions pas amis, notre affaire s'assimilait à une petite lutte des classes : il baisait une fille qui n'était pas pour lui, toujours ça de pris. Nous nous observions, aux aguets, or l'amour a besoin d'abandon. À ses coïts incisifs et furtifs, mon plaisir ne répondait pas. Ce garçon pugnace gagnait mais il me perdait. En vérité j'avais hâte qu'il s'en aille et la pensée de Rubi me poursuivait.

Un jour, pendant les collections de haute couture, j'appris que Willy Rizzo et Richard Avedon, le fameux Richard Avedon, recrutaient les jeunes actrices en vogue pour des photos de chapeaux. Je me précipitai à l'hôtel San Regis où se déroulaient les essais.

Je mis la meilleure robe que m'avait achetée Fafi, et je pris mon book où j'avais ajouté quelques coupures de journaux sur mes premières apparitions au cinéma. Je fus choisie, avec Françoise Dorléac et Elsa Martinelli. Les prises de vue devaient avoir lieu le lendemain, dans un studio de la rue Beaujon.

Grand déploiement de personnel, hôtesse, journaliste américaine, maquilleur, coiffeur, styliste, assistants.

Dans le studio voisin, Rubi photographiait les modèles des défilés sélectionnés en grand secret par les rédactrices de *Elle*. Il me vit. Il me salua, de loin, à peine aimable. J'espérais le bluffer un peu. Il parlait à Avedon, et à un certain Henry Wolf, directeur artistique de *Harper's Bazaar*, d'une manière obséquieuse, presque servile qui m'étonna. Je compris qu'il les admirait au-delà du sensé, et que par cette brèche je pouvais envisager de l'atteindre.

À la fin de la séance, les Américains nous proposèrent de nous emmener dîner. *Of course*, chers amis. Je sortis du studio sous le nez de Rubi, victorieuse au bras de ce Henry qui ne perdait pas de temps. Dîner charmant au San Regis, jacasseries en mauvais anglais et mauvais français.

C'est ainsi, en laissant tout derrière moi, que je me suis embarquée pour les Amériques.

Henry me proposa de venir à New York où je rêvais de faire un stage à l'Actor's Studio.

J'ai passé un an et demi aux États-Unis, j'ai fréquenté les grands photographes, Faurer, Hiro, Haas, j'ai rencontré Andy Warhol qui dessinait des illustrations de recettes de cuisine pour les magazines, j'ai tourné un film à Hollywood, mais rien de tout cela n'a concerné mon sexe. Sauf... L'honnêteté exige que je rende compte d'un épisode dont je ne suis pas fière.

Lieu : une roulotte près du plateau des Studios Paramount où je tourne : *Who's been sleeping in my bed ?*, une comédie hollywoodienne léchée et rebattue comme c'était la mode dans les années 60.

Saison : l'été immuable de la Californie, on prie les actrices du film de n'utiliser leurs piscines qu'à la tombée de la nuit, pour nager. Il y en a une dans l'hôtel de Beverly Hills où l'on m'a logée, je transgresse allégrement la consigne pendant les week-ends.

Acteurs : Dean Martin, dans le rôle d'un célibataire

endurci et cinq femmes qui tentent de le séduire, chacune avec ses armes. Les miennes sont celles de la cuisine française, je m'appelle Jackie et je porte un tablier immaculé dans presque toutes les scènes où on lit : « I'm the chef. » À chaque début de scène, je brandis une cuillère en bois, pour lui faire goûter d'office un morceau de quiche lorraine ou de french pâté.

J'ai été choisie pour ce petit rôle à la suite d'un casting éprouvant, à la queue leu leu avec toutes les actrices françaises ou soi-disant françaises vivant aux États-Unis. J'ai dû plaire au producteur puisqu'il me signa un contrat pour cinq films, à moins que ce ne soit la technique habituelle quand on donne une chance à une inconnue.

Les séances d'habillage et de coiffure achevèrent de m'ôter tout air européen, et de toute façon, les toilettes avaient été définies avant qu'on sache quelle actrice les porterait. La célèbre et redoutée créatrice de costumes Edith Head avait choisi le jaune pour mon personnage, de sorte que mon teint mongol du être rehaussé par d'épaisses couches de fond de teint rosé sur lesquelles je n'avais pas mon mot à dire.

Expérience encore plus frustrante auprès des coiffeurs, il m'était interdit de mettre la main dans mes cheveux. J'étais une poupée qu'on habillait, qu'on maquillait, qu'on frisait et qu'on posait dans la fameuse roulotte d'attente, avec ordre de ne pas froisser mes vêtements, de ne pas appuyer ma tête laquée contre le dossier du fauteuil et de boire avec une paille. Passer outre déclenchait des sanctions sévères, stipulées dans un contrat de quatre-vingts pages dont le langage juridique décourageait la lecture. J'étais tombée dans le pire de la production nationale.

Figée sur ma chaise solitaire, la rigidité mortis commençait à s'emparer de moi et je percevais des signes de panique que mon ami Henry n'apaisait pas au téléphone. Il me rappelait que j'avais tant désiré être là, à Hollywood, une chance énorme, c'était le début à tout, il fallait que je triomphe.

Enfant juif viennois rescapé de la guerre, il avait débarqué à treize ans aux États-Unis sans parler un mot d'anglais. À présent il enseignait dans l'école de graphisme qui l'avait refusé comme élève étranger dix ans auparavant. Il aimait raconter cette histoire, les larmes aux yeux. Pour lui, le système américain faisait éclore les talents, puis les protégeait pour les garder. Moi, je voyais de grandes disparités et une misère grandissante en marge du miracle américain. Racisme et ghettos existaient partout, camouflés par le triomphalisme régnant. Les poètes du Bowery exprimaient une réelle détresse, les artistes du Pop Art leur emboîtaient le pas en dénigrant les symboles nord-américains, le Coca-Cola, la soupe Campbell et les femmes de JFK. Les artistes ne sont pas tendres, ils annonçaient la fragilité de l'empire et de l'American way of life. Henry considérait que l'Amérique lui avait tout donné, elle me donnerait à moi aussi, à condition que je l'aime.

Sur le plateau, la contrainte s'aggravait. On ne parle pas directement avec Mr. Daniel Mann, le metteur en scène, les ordres transitent par un autoritaire premier assistant avec lequel on ne négocie pas. « *Mr. Mann asked... Mr. Mann wants...* » Classique duo de pouvoir pour que la responsabilité soit toujours de l'autre, celui qui n'est pas là, allons-y, on est pressés, *we must shoot.* Mon parcours était dessiné sur le sol, et gare si mes pieds ne se plaçaient pas exactement sur les marques décidées par le cameraman, sans regarder par terre et avec naturel, c'est ça le métier.

Dean Martin, que tout le monde appelait Dino, voyait que je peinais. Je connaissais mes répliques au rasoir, répétées avec un coach, mais je n'avais pas le tempo désiré. Après les plans, la scripte ne parlait que de dixièmes de seconde. Mon personnage était frénétique et gourmand, pas de pauses inutiles s'il vous plaît. Je ne me débrouillais pas trop mal, à la fin, mais j'avais la sensation de chanter une chanson, d'imiter les voix américaines qui m'entouraient et que je trouvais ringardes et artificielles. J'étais survoltée et au bord du crash.

Dino était charmant avec moi. Sa finesse était tout instinctive, il avait du cœur et de la générosité. Il prit la petite Française sous son aile, me promit de m'emmener à Las Vegas dans son avion privé pour une fête surprise qu'il offrait à son pote Sinatra au Dino's, son local florissant. Mon énervement lui plaisait sans doute, au moins je ne lui léchais pas les bottes avec des mimiques sucrées comme toutes les autres. Son sex-appeal de bel Italiano était cependant voilé par son taux d'alcoolémie. Il était toujours entre deux whiskies. Dès la fin d'une scène, il retournait de son pas chaloupé vers sa roulotte où l'attendaient sa bouteille et de drôles de types, des brokers avec lesquels il jouait par téléphone à toutes les courses de chevaux des États-Unis. Sur le plateau, il buvait ostensiblement du jus d'orange vitaminé, mais les heures passant son œil s'alourdissait et sa diction s'empâtait. J'admirais son métier d'acier, mais les effets de la douche écossaise chimique qu'il absorbait dans une journée finissaient par se voir. Il m'attendrissait, je n'aurais pourtant pas échangé ma gaucherie inquiète contre sa désillusion d'homme gâté.

Un jour de particulier malaise après une scène avec mes rivales expertes qui se relayaient pour que je sois toujours de dos à la caméra, je regagnai ma loge insatisfaite et contrariée. J'étais tentée d'arracher le serre-tête qui m'emprisonnait, ma ceinture et mes escarpins jaunes. Mon inconscient complotait la fuite prochaine, pourvu que j'arrive jusqu'au bout du tournage... L'exil avait trop duré, je rêvais de Paris et de mes cafés crasseux où j'avais usé mes jupes d'étudiante.

La porte métallique couina et la tête de Dino apparut.

– *May I come in ?* (Puis-je entrer ?)

Il tenait une bouteille de champagne à la main et trois flûtes.

– *A friend of mine wants to meet you.* (Un ami à moi veut vous rencontrer.)

L'ami était Henry Miller, fan de Dino et qui lui rendait de fréquentes visites. Il était fasciné par ce voyou qui avait réussi et qui n'avait pas rompu avec ses amis d'autrefois.

J'étais tremblante d'émotion. Henry Miller dans ma loge ! La première chose qu'il me demanda fut :

– Connaissez-vous Albert Cossery ?

J'avais déjeuné au Flore avec Albert quelques mois plus tôt et il m'avait raconté son amitié avec Miller. Dans les jours noirs où les *Tropiques* étaient interdits en Amérique, Albert percevait pour lui les droits européens, en cachette du fisc et de la loi qui poursuivait l'écrivain maudit.

Il m'invita aussitôt à Pacific Palisades où il avait sa maison. Dino suivait notre conversation en français avec un sourire passif, puis il embrassa chaudement son ami Henry qui devait s'en aller et resta avec moi sur le canapé de peluche.

Je ne sais pas ce qui m'a pris, je me suis précipitée sur Dino, en proie à une frénésie sexuelle sans pareille, je le couvrais de baisers tout en dézippant sa braguette, tandis qu'il protestait faiblement.

– *My baby*, je n'aurais pas voulu que ça arrive dans ces conditions...

Nous fîmes l'amour tout habillés, comme deux voleurs, tendant l'oreille pour que l'assistant ne nous surprenne pas. Dino fut doux et câlin, il était surpris de mon audace et de mon urgence. Je pense que les crises de nerfs déboussolent la libido et provoquent des comportements déréglés.

Dès qu'il a été sorti de mon mobile home, je me suis demandé ce que j'avais fait, et l'angoisse m'a saisie.

Par la suite, il m'a « sortie » comme sa dernière conquête, je traînais derrière lui telles les compagnes de mafieux, délaissées et capricieuses. Il me fit quelques cadeaux, des bijoux inmettables, un éventail espagnol en nacre et une boîte à musique en porcelaine qui jouait une valse de Strauss. Nous fîmes l'amour encore deux fois, de manière expéditive et hygiénique.

Le fameux week-end avec Sinatra eut lieu. Fête d'hommes où les femmes ne servent que de parures. Sinatra me salua comme un chat ou un chien, à la rigueur un enfant, en remontant ma frange et en caressant ma tête. Mais comme il était plus petit que moi, il dut monter sur une marche pour le faire.

Le dernier jour du tournage, je ne prévins personne et courus prendre l'avion pour la France le soir même. J'étais si perturbée que j'embrassai un poteau avec ma voiture de location sur le chemin de l'aéroport. Je l'abandonnai sur le bord du Turnpike et fis du stop avec tous mes bagages pour ne pas rater l'avion, dans un état de fébrilité et de désordre que je n'avais jamais connu.

Je songeai à cette analyse graphologique qu'avait demandée un agent de la William Morris avant de me prendre dans son écurie. On me reconnaissait des dons, de l'humour et de l'énergie, mais je péchais par deux points : le foie et le système nerveux. J'étais donc plus fragile que je ne le pensais, et ce séjour à Los Angeles sans amis et sans repères avait usé mes forces.

Je compris que je ne poursuivrais pas ma carrière américaine. Je déchirai mon contrat Paramount et écrivis une carte à Dino :

– *Thank you for all.* (Merci pour tout.)

10.

Mon sexe pavoisait. Il attendait que je revienne en France et que j'offre à Rubi ce bouquet d'expériences accumulées pour lui. Je m'étais introduite dans le temple de la mode et de la photographie, auprès des artistes qu'il vénérait, pour qu'il me regarde. J'étais allée écouter Harold Land et Art Tatum, Chet Baker et Thelonius Monk parce que je savais qu'il adorait le jazz. J'ai assisté aux cours de l'Actor's Studio où j'ai vu travailler Ann Bancroft et Joan Woodward parce qu'il rêvait de faire un film et que ses acteurs favoris étaient Ann Baxter et James Cagney. J'ai arpenté les rues de New York, les allées de Saks Fifth Avenue, de Bloomingdale's pour attraper une allure américaine, fraîche et désinvolte. On pouvait perdre la tête ces années-là dans les grands magasins aux États-Unis. Les supermarchés n'existaient pas encore chez nous, ni la colle en stick, les Kleenex et les tampax. Je sais aujourd'hui que j'ai fait ce voyage initiatique pour gagner les grâces de Rubi. Il était craintif, hypocondriaque et maniaque, les voyages lui faisaient peur. Je suis allée là-bas à sa place, pour lui ramener les impressions qu'il aurait eues. J'étais lui, j'étais programmée pour recueillir ce qui l'intéressait. J'ai fait ce geste une deuxième fois, plusieurs années plus tard. Je suis allée en Égypte, à l'occasion de la reprise des relations diplomatiques avec la France. On avait organisé une très officielle semaine du cinéma français. J'échappais à mes guides pour rencontrer les anciens amis de Rubi, certains récemment sortis de prison, et j'ai rapporté dans mes bagages des boîtes de foul Medamès et de la bière Stella. Je n'ai jamais rien accompli de pareil pour aucun homme.

Je ne sais plus comment j'ai procédé.

Je me souviens de ma hâte de le revoir, dès mon retour. Je visualise rapidement le lit à montants de tôle peinte où j'ai perdu connaissance la première fois que nous avons fait l'amour. Nous nous sommes envolés tous les deux, lui dans une crise de larmes d'émotion, moi dans un tournis cataleptique.

Rien n'avait changé dans son paysage. Il avait seulement acheté un petit appartement dans le Quartier latin, conseillé et piloté par sa maîtresse qui décorait des appartements pour les revendre. Elle avait acheté deux mansardes dans une vieille maison de caractère, elle les avait retapées, une pour elle, une pour lui. Elle aimait les chats et lui en avait collé deux, un couple d'infâmes siamois qui se nourrissaient de viande crue et guettaient l'ouverture de la porte pour s'enfuir.

Rubi était casanier, et en dehors de l'agitation de son travail, il écoutait ses disques de jazz chez lui pendant des heures en dodelinant à travers la pièce moquettée de jute pour les chats.

J'entrai en trombe dans cet univers calibré et secret. Il eut envie de me laisser faire, lui qui traînait sa vieille relation avec la belle princesse depuis dix ans et n'arrivait pas à s'en défaire.

On organisa la rencontre avec cette dame. Elle me parut sympathique et intimidée. Nous sommes devenues amies par la suite. Le rendez-vous était à la Bûcherie, à l'heure du thé.

Nous arrivâmes chacun de notre côté. Rubi ne voulait pas se présenter avec moi pour ne pas la chagriner davantage. Elle connaissait mon existence, le but était de négocier le virage, pour elle et pour lui. Je n'avais aucun doute sur l'évidence du couple que nous formions, lui et moi, mais je redoutais le pouvoir et l'ascendant de cette femme expérimentée et habituée à gérer une liaison.

Elle était belle, en effet, d'une beauté un peu dépassée, à la Michèle Morgan ou Danielle Darrieux. Ce qui se produisit me stupéfia. Elle me supplia, la voix brisée et les yeux pleins de larmes, de l'autoriser à le revoir, au moins une fois par semaine. Elle en mourrait de ne plus avoir de ses nouvelles, de ne plus lui parler. Je consentis, grand cœur. Il avait l'air si malheureux de la faire souffrir. Il avait eu de nombreuses aventures mais c'était la première fois qu'il rompait avec elle. J'étais une femme avec qui il allait vivre. Il était heureux et éberlué. Je sus beaucoup plus tard qu'il n'en revenait pas que je l'aime.

Ma famille se désolait. Un homme divorcé, au passé confus, connu pour sa manie d'accumuler les femmes. Mes sœurs souriaient. Un communiste, oriental et mal embouché. Mes amis m'auraient préférée avec un metteur en scène, ou un producteur, pour ma carrière.

Mon sexe, lui, s'était mis à vivre. Il exultait. Ses exigences devinrent pressantes. À la faveur de ma découverte de l'érotisme et de la jouissance, il fit jaillir une envie nouvelle : un enfant. Je ne sais comment cette idée s'est faufilée au cœur de notre activité sexuelle intense. Elle s'est insidieusement creusé un chemin, comme une évidence et une étape, un fin nécessaire à ce que nous répétions, infatigablement.

Pourtant la flamboyance de notre sexualité aurait pu sembler une fin en soi. Nous ne pouvions rester l'un près de l'autre sans nous toucher, nous caresser, nous aimer par tous les pores. Un climat envoûtant d'intimité à vif nous englobait. Nous faisions l'amour en dormant, en nous réveillant, à table en nous parlant, au téléphone en décrivant minutieusement nos masturbations offertes à l'autre à distance. Je découvrais des mots, j'explorais des gestes, je m'aventurais sans frein, guidée par la seule progression du désir. J'apprenais. J'apprenais vite. Mes mains, ma bouche et mon vocabulaire se perfectionnaient chaque jour, bouleversant mon partenaire ébahi. Notre sensualité fleurissait, fusionnelle et fatale. Nous peinions à nous décoller l'un de l'autre. Quand il était en moi, c'était l'état normal. Quand nous étions séparés nous nous sentions amputés, chaotiques. Nous attendions fébrilement l'instant qui nous unirait de nouveau.

L'amour nous ballottait à son gré, dans un maelström où nous n'étions qu'un courant puissant.

Il riait. Il me trouvait une kyrielle de défauts, mais tout en moi l'émouvait. Il fit quelques portraits. Des nus, très simples, très purs, en noir et blanc. La splendeur de notre union est visible sur ces clichés. Nous nous évadions du réel par une ellipse imprévisible, folle et sans but. L'amour, pour moi, c'est cela. Envahissant et désintéressé.

Mon troisième premier amour a sans aucun doute été le plus fort, car irraisonné et total. Il dura plusieurs années. Il aurait pu durer toujours, si mon envie d'enfant n'avait surgi pour miner ses bases.

11.

La pilule n'existait pas encore et je m'attendais à tout moment de me retrouver enceinte. Nous n'en parlions pas, de peur de briser la courbe naturelle et magnifique de notre relation, mais tout nous conduisait à accepter la possibilité que l'énergie dégagée se transforme en une autre vie, un être qui serait nous, en dehors de nous. Le désir d'enfant qui naît purement de l'amour est timide mais têtu. Nous savions que cet enfant nous aurait dérangés, qu'il aurait altéré la nature de nos liens, qu'il aurait bousculé notre vie pratique, notre travail. Mais il s'imposait, nos actions l'appelaient avec naturel et ferveur.

Les mois passaient, toujours rien. Mes règles irrégulières me tracassaient. Je consultai un grand spécialiste, somptueusement installé avenue Latour-Maubourg. Examens, radios. Les échographies se pratiquaient rarement, ou dans les hôpitaux seulement. Il s'avéra que mes trompes étaient bouchées, salement bouchées, suite au curetage suisse de mes seize ans.

Une intervention serait peut-être nécessaire, mais en attendant, voici les soins.

Ce coup d'arrêt du sort nous déstabilisa, mais au fond, il tombait à pic. Il nous accordait des temps insouciants pour nous saouler de notre amour, sans conséquences et sans danger. Ainsi croyais-je, dans mon optimisme euphorique. Il eut l'effet contraire. Il injecta le poison du doute et de la honte. Nos corps imbriqués pour le seul goût du plaisir s'offusquaient obscurément. Ma stérilité présumée me transformait en femme creuse, vide et frivole. Nos ébats s'apparentaient au pédalage de l'écureuil enchaîné sur sa roue. Il manquait à l'acte d'amour sa prolongation sublime : un enfant. L'amour changeait de sens et son écho s'arrêtait au pied du lit. J'ai vu notre liaison se dégrader au fur et à mesure que mes chances d'être mère diminuaient. Il en a été ainsi de toutes les relations que j'ai eues au long de ma vie, jusqu'au jour libérateur où je n'ai plus rien tenté.

Les hommes ne déposent pas volontiers leur semence dans un ventre infécond. Leur plan est d'ensemencer, de marquer une femme en plantant un germe en elle, comme l'alpiniste donne son nom à une montagne en y enfonçant son fanion. Tous les hommes que j'ai connus se sont attaqués à mon impossibilité de procréer, en espérant être victorieux. Officiellement, c'était pour mon bien. En profondeur, c'était un sauvetage de la relation, qui capotait infailliblement. On parle beaucoup du désir de maternité des femmes. Il est réel et puissant. Il n'est pas général. De moins en moins. Une femme peut choisir de ne pas enfanter, puisqu'elle peut enfanter. Le désir d'enfanter, chez les hommes, est éreintant, car il est soumis à celui de la femme. Je n'ai pas rencontré d'homme qui s'en fiche. Aussi puis-je affirmer que le plaisir est féminin. Les femmes peuvent aimer l'amour sans songer à la procréation, tandis que les hommes ne font que semer, obsessionnels et entêtés, dans le dessein douloureux et tragique de laisser une trace, une succession, une progéniture. Pour délimiter un territoire. Pour narguer la mort. Les hommes qui font l'amour sans y penser sont des fous.

Heureux les fous et les non-alignés. J'ai été sauvée par les fous. Qu'aurait été ma vie sans les fous, les poètes, les excessifs, les fous d'art, fous d'ambition, fous de justice, fous de minutie, fous de vérité, fous de gloire, fous de foi, fous d'altruisme, fous de sexe, fous de gourmandise ? Individus extrêmes qui dévorent la durée de leur vie pour abattre une tâche colossale, l'assouvissement d'une passion. Ils ont jalonné mon parcours et celui de mon sexe qui s'est rapidement autoproclamé outsider, auquel toutes les aisances étaient dues. Il n'aurait pas un tracé classique, voilà tout. Il explorerait des terrains latéraux que les femmes traditionnelles évitent et rejettent. Mon métier de comédienne serait le bénéficiaire de cette liberté, et aujourd'hui l'écriture, qui se nourrit de souffrance et de marginalité. Je ne suis pas une originale, je ne suis pas piquée, je ne me fais pas remarquer par mes allures et mes chapeaux, je suis une femme banale qui porte un sexe singulier et assume sa condition. Une femme stérile qui ne transcende pas sa stérilité est perdue. Elle geint et se frappe la poitrine en assommant tout le monde avec son drame. J'ai lutté contre mon sort autant que possible, j'ai subi à peu près tous les traitements, les interventions, les expériences, les inséminations in vitro, les transplantations, tout ce qui existait ou apparaissait d'année en année. Mon ventre a vécu son siècle à la pointe de la modernité. Dès que son statut a été clair, définitif, je suis enfin devenue créative, drôle et forte. Un voile était tombé, je respirais. Ma mère disait : « Les enfants, ou tout le reste... » J'ai eu tout le reste. Ma sexualité a eu le champ libre. Et ce n'est pas fini.

Mais n'anticipons pas, ce livre ne s'est pas écrit en un jour. Je vous gratifie de brefs aperçus sur sa conclusion favorable, pour ne pas vous désespérer, contre toutes les règles du roman. Nous allons traverser des moments difficiles. Exaltants, inattendus, mais pas simples.

La vie d'un sexe brimé est pathétique, celle d'un sexe libre est dangereuse et violente. Comme au théâtre, il faut savoir accepter son rôle. Fable du chien et du loup, fable de Perrette et du pot au lait. Les fables de La Fontaine ont un double sens, moral et sexuel. D'ailleurs toute action, toute entreprise comprend une lecture sexuelle. Quand je rencontre une personne importante qui pourrait m'intimider, je me demande : Qui baise-t-il ? Comment baise-t-il ? Qui veut-il baiser ? C'est radical. Les intentions et les comportements s'éclaircissent, les tendances homosexuelles ou sadiques se dénoncent. Essayez, c'est très amusant. On pourrait comprendre Louis XIV ou Einstein par la biographie de leur sexe, je m'étonne que personne n'y ait pensé. Je retrace ici la biographie d'un sexe ordinaire, le mien, pensez à ce que serait celle des grands sexes de l'Histoire, Jeanne d'Arc, la Maintenon, Diane de Poitiers, la Pompadour, Mata Hari ou Marie Curie. Un prisme qui permettrait d'assister aux événements vus de l'intérieur, sans les larmoiements freudiens qui plombent les récits autobiographiques féminins actuels. Les sexes féminins célèbres ont orienté l'Histoire de la France autant que les pénis glorieux. On a vendu aux enchères le « tendon de Napoléon » qui n'était autre que son sexe, triste lombric ratatiné dans du formol. Certains s'en sont choqués. Moi j'ai trouvé le sabreur judicieux, quelle autre parcelle de ce corps impérial eût-il fallu conserver ?

Ainsi donc, mon sexe et moi, nous caracolions sans défiance d'été à Ramatuelle en hiver à Megève, hébergés par la princesse L. qui disposait de maisons et d'un grand sens de l'organisation.

Elle m'enseigna une foultitude de rudiments sur la

bonne tenue d'une maison bourgeoise, et quelques techniques de diplomatie avec les hommes.

Coq en pâte, Rubi se laissait gâter par ses deux vestales et coulait des jours heureux. Il devait me tromper avec elle quelquefois, mais je n'en savais rien. Il se plaignait d'elle constamment, de ses jugements conventionnels et passéistes, mais il reconnaissait sa générosité et l'élégance de son hospitalité. Avec Fafi, j'avais goûté à l'argent, elle compléta mon éducation avec son raffinement et son expérience d'hôtesse. Elle me respectait parce que je portais un grand nom russe, elle, de petite noblesse alsacienne, qui avait débuté comme mannequin et fondé son ascension sociale sur son physique. Elle épousa un homme fortuné, prince de surcroît. Elle endura son infidélité pendant quelques années, mit au monde deux enfants ravissants, puis imita son mari volage et entreprit de collectionner les amants avec talent. Sa double vie était impeccablement gérée, elle ne manquait pas un petit déjeuner des enfants ni un dîner habillé, commandé par son époux. J'admirais sa précision et sa maîtrise. Tout était contrôlé, les livreurs et les fleuristes arrivaient à point, les domestiques recevaient les ordres ponctuellement et ses tailleurs froissés par les bras de ses amants étaient repassés à temps. Elle jonglait avec les heures, les rôles, les lieux.

Elle a mal fini, seule et détruite par la chirurgie esthétique et les drogues. Je pense souvent à elle comme un exemple à ne pas suivre.

Elle connaissait la terre entière et prenait plaisir à me présenter. Mazette, j'étais mignonne, racée et amusante. Je croyais, en ce temps-là, qu'il fallait « connaître des gens ». Je croyais aux rumeurs qui veulent que tout se passe par copinage ou par introduction. J'ai vérifié que c'est faux. Les combinaisons familiales, les clans, les groupes existent. Certaines opérations ne se réalisent qu'à l'intérieur de ces rassemblements. Mais si on n'appartient pas à ces bandes, on n'a pas non plus envie d'y entrer. Une actrice, pour réussir, doit avoir une gueule, et l'aimer, être fière de l'exhiber. Désirer jouer, désirer le rôle qu'on lui propose. Il ne faut pas douter, ne pas faire l'article sur soi-même comme un camelot. Un excès d'orgueil est utile, prendre les autres de haut, à n'importe quel âge, ne pas quémander. On est la meilleure, on est une forteresse à conquérir, une rareté. Je pressentais vaguement tout cela, mais des éléments me manquaient. Comment me voyait-on ? Quelle femme étais-je ? Y avait-il une demande pour cette femme-là ? Autant d'énigmes auxquelles je peux répondre maintenant. Mon âge d'or n'était pas arrivé. Il commence à peine. Je n'étais pas convaincante dans les rôles de jeune fille. Les metteurs en scène avaient du mal à me situer, à me caser. L. avait beau me présenter aux plus grands, il n'y avait pas de suite.

Mes tribulations d'actrice réveillèrent le rêve de cinéma que Rubi trimbalait depuis ses premiers tournages comme cameraman en Égypte. On se lança dans l'écriture d'un scénario où il y aurait un rôle pour moi. Je ne percutai pas : c'était le premier signe compensatoire de l'absence d'enfant. J'avais parlé de Thierry. Ils s'étaient rencontrés. Ils s'étaient charmés. Qui mieux que lui, baignant dans le cinéma de demain, pouvait diriger ce projet ? Des accords furent passés, ils travailleraient les dimanches, sans moi. J'étais préposée aux spaghettis le soir.

Quelques échos de cet attelage pour le moins ébouriffant m'arrivaient des deux côtés. Thierry réclamait des avances pour sa collaboration, en cash, que Rubi lui remettait sans grâce. Rubi ne parvenait pas à exprimer ses idées, il n'avait pas l'esprit logique et fonctionnait par images, par sensations. Thierry écrivit quelques pages, on connaissait les premiers plans du film, une main de femme enlève une boucle d'oreille en très gros plan, puis la pose dans un cendrier où gît une seringue utilisée. Quelques gouttes de sang maculent le marbre de la table de nuit. Je n'ai rien su de plus.

Au bout de deux dimanches l'association s'arrêta. Thierry partait écrire avec un autre scénariste un grand projet de série pour Alain Delon. Rubi entrait dans la période mouvementée des collections. Le film en resta là. Il avait peu de chance de voir le jour : il avait été conçu dans un tout autre objectif, une stratégie autour de mon ventre défaillant et de ma carrière qui ne démarrait pas.

J'avais passé mon permis de conduire et je sillonnais Paris dans ma petite Fiat 500. Je devais courir loin pour me procurer les aliments et les produits dont mon compagnon lunatique et végétarien se nourrissait. Depuis peu, il avait adopté le régime macrobiotique. Il buvait de l'eau bouillie et des tisanes de thym. Les riz et les graines de sésame de la qualité qu'il tolérait ne se trouvaient pas n'importe où. Je revenais d'une épicerie spécialisée dans le 1er arrondissement, je passais rue des Saints-Pères et soudain je le vis, une bouteille de champagne à la main, s'engouffrer sous une porte cochère. Aussitôt arrivée à la maison, je téléphonai au studio et interrogeai habilement la standardiste. La très jolie Norvégienne que Rubi photographiait en ce moment pour un catalogue du Printemps habitait précisément rue des Saints-Pères. Le choc fut tétanisant. À partir de là, j'ai agi comme une automate. J'ai rempli mes deux valises Hermès de mes vêtements, j'ai posé le riz et le sésame sur la table de la cuisine avec un mot : « Je sais que tu préfères le champagne. » Et j'ai filé avant qu'il ne revienne.

Où aller ? Je n'avais qu'une alliée : la belle L. Elle m'accueillit sans rire et m'installa dans une coquette chambre de bonne où sa fille, future agent de change, logeait au retour de ses stages à Genève.

Rubi ne sut rien pendant une semaine. Il n'osait pas appeler ma mère. Il pleurait dans les bras de L., convaincu qu'elle savait où j'étais.

J'eus finalement une explication avec lui dans un

café. Il jura que la Norvégienne n'avait aucune importance, mais il ne nia pas. Nous reprîmes la vie commune, amèrement. Mon sexe offensé ne l'acceptait plus. Sa raideur dans la jalousie me donne du fil à retordre : il ne pardonne pas. Quand on me trompe, on me quitte. Je n'y peux rien. Nous n'y pouvons rien. J'ai un caractère plus souple, mais mon sexe, lui, est intraitable.

12.

Dès que j'eus pris le large, ma carrière démarra. Indépendante pour la première fois, j'avais loué avec émoi un joli petit studio entouré d'un grand balcon avenue Ingres, au dernier étage d'un immeuble très comme il faut. Le fils de Gaulle habitait au deuxième. Des plantons surveillaient mes allées et venues et celles de mes visiteurs, de mèche avec les services des impôts qui étaient autorisés à taxer sur « le train de vie », à l'époque. Une jeune femme seule dans un monolocal de luxe, près du bois de Boulogne, cela intriguait ces pieds plats. Un jour j'eus sur le dos une affaire de redressement fiscal injustifié, ils me sortirent la liste de toutes les voitures qui s'étaient garées à mon adresse, avec numéros de plaques, identité des propriétaires et appréciation imagée et malveillante de chacun. Je découvris ainsi que j'étais fichée aux RG sous le label : « communiste de salon ». Cela me blessa profondément. Ces messieurs du ministère de l'Intérieur et des diverses polices ont un vocabulaire dont Frédéric Dard aurait pu être jaloux.

Les jolies femmes, dans cet univers, sont à vendre, aguicheuses et vénales, proies faciles pour les hommes riches, et pièges pour les hommes de pouvoir qu'on pouvait ainsi court-circuiter dans leurs moments de faiblesse. Pas de chance pour eux, je ne fréquentais que des rigolos, copains comédiens, amis de chez Castel et universitaires militant dans les syndicats de facs. On parlait pendant de longues heures, assis par terre ou sur le lit, ils enfumaient mes rideaux et repartaient au petit matin, le monde en bandoulière. Rien de sexuel dans ces réunions. Rien de monnayable non plus. Nous ne faisions que préparer la révolution.

Dans le Landerneau des lettres et des arts, Godard était une sorte de dieu, un gourou, dirais-je, un prophète. On attendait beaucoup de lui. Il était le chef de file d'un cinéma nouveau qui avait supplanté les formes traditionnelles et ronronnantes du spectacle filmé. On ne faisait pas de spectacle : on se servait du cinéma, art populaire par excellence, pour changer le monde. Il en avait bien besoin. Les rigidités de la société gaulliste prolongeaient le XIXe siècle tandis que nous aspirions à une fraternité chinoisante et plus égalitaire. Il suffit de revoir les photos des notables de l'époque, engoncés dans leurs costumes trois-pièces et les enfants en blouse noire dans les écoles pour juger du chemin parcouru. L'évolution des relations entre les générations et entre les niveaux hiérarchiques est frappante. Se tutoyer était une exception. Notre génération commençait à se tutoyer, à son aile gauche. L'arrivée des Chiliens chassés par Pinochet, des Italiens de Berlinguer, des Russes dissidents, des Tchèques et des Africains du Sud y avait contribué. Les femmes participaient enfin à ce remaniement, mon sexe se sentait concerné, à l'écoute de toutes les audaces. On ne mesurait pas les conséquences parfois désastreuses que ces changements auraient sur certains couples.

La première grande vague d'homosexualité allait apparaître, chez les féministes d'abord. Mon sexe et moi avons échappé à cette tendance, car nous avions des souvenirs trop forts pour renoncer au sexe de l'homme. Je suis intéressée par les femmes, je suis leur amie, mais je n'irais pas jusqu'à m'enfermer dans un cercle exclusivement féminin et totalitaire. Ma croissance a besoin de celle d'un homme, libéré, lui aussi, des rôles imposés de père, de chef, de pourvoyeur d'argent et de sécurité. J'avais connu l'amour inexplicable et irrésistible, je désirais l'amour lucide, moderne et projeté vers l'avenir. Ma sexualité progressait lentement. J'ai toujours su que je n'avancerais pas sans elle. Elle a quelquefois été plus vive que moi, quelquefois obtuse et rétrograde. En aucun cas elle n'a pu être ignorée ou méprisée. Le tandem que nous formons, elle et moi, a dessiné ma vie, aiguillée par le hasard qui procure les rencontres, les accidents et les fatalités du temps.

Du film de Godard, je me souviens d'une extase. Une extase de cinéma est tout aussi valable que celle du sexe. Quoi de plus étourdissant : j'étais présente dans chaque scène, filmée de tous les côtés en plan rapproché, épinglée comme une grenouille de laboratoire sous les yeux de l'équipe rivés sur mon corps, dans la lumière sans contraste de Raoul Coutard. Je devenais la toile blanche du peintre, le plâtre du sculpteur, la page vierge de l'écrivain. J'étais une matière première, une pâte à laquelle on donnait vie. Je ne jouais pas un rôle, je remplissais l'écran avec ma chair. Ce film ne ressemble à aucun autre, il s'assimile à une planche de sciences naturelles, quand on dissèque un animal pour étudier le mécanisme de ses muscles, de ses nerfs ou de ses organes. On observait une jeune femme adultère, victime de la publicité et des idées reçues. Elle fait les mêmes gestes avec son mari et avec son amant, et quand elle est enceinte, elle se demande qui est le père. À l'aube de l'avènement de la pilule, cette confession fit scandale. J'incarnais la féminité qui prenait conscience d'elle-même et se posait des questions dans le fatras des formules diffusées par les médias.

La volupté du cinéma est un plaisir à retardement. On tricote minute par minute un filet d'émotions dont on prévoit d'avance l'effet sur les spectateurs. Il n'y a pas de jouissance immédiate, il y a une joie putative, une promesse, une proposition qui espère des réactions face aux images créées.

Godard se battait avec le temps, qu'il trouvait trop long entre le moment où le film était conçu, filmé, concrétisé, et le moment où il parvenait au public. Telles les huîtres de Cancale, ses films se consomment vivants. Il réduisait le temps de tournage, mais aussi celui du montage, de l'impression des copies et du lancement. Ses films sortaient dans les salles un mois après qu'ils étaient terminés. C'était un tour de force, qui permettait de traiter l'actualité la plus récente et de montrer des affiches, des photos ou des titres de journaux encore frais dans l'œil des gens. Visionnaire, son œuvre reflète ce double aspect, prémonitoire et témoin du présent. Il pensait, nous pensions avec toute la Nouvelle Vague, que seules les situations contemporaines méritaient d'être montrées par le cinéma, instrument politique et contradicteur. Art neuf, fonction neuve. Les films en costumes et les romans d'amour étaient bons pour le commerce. Nous avions la mission bien plus vitale de tendre un miroir au peuple curieux, attentif et confiant.

Si Godard m'avait demandé de filmer mon sexe frontalement, j'aurais trouvé cela justifié : il se situait au centre du discours. Jean-Luc me demanda seulement de me filmer nue, assise sagement sur un lit, de profil, le genou relevé et un bras cachant la poitrine. Il savait que toute autre vision eût été censurée. Ce plan unique resta tandis que la censure nous fit supprimer un plan de ma main fermant le robinet d'un bidet, et un gros plan de mes yeux baissés parce qu'on entendait un bruit de ciseaux. On pouvait supposer que je me coupais les poils du pubis. Nous étions loin des licences actuelles. La froideur pudique avec laquelle j'étais filmée échappa aux censeurs bornés, mais pas au public, qui fut touché. Ce film était un portrait des femmes de mon âge, partagées entre l'envie de comprendre et celle d'accepter la fatalité, comme toutes les femmes depuis des lustres.

Mon image fit le tour du monde, et demeure auprès des cinéphiles et des esprits avisés une référence des années 60. Godard devait poursuivre cette veine avec *La Chinoise* et *Deux ou trois choses que je sais d'elle*, mais aucun de ces films n'a le charme persistant de *La Femme mariée*. La disponibilité et le désarroi de mon sexe en sont la cause.

Glorifié, au centre du tournage, mon corps demeurait pourtant solitaire. On sait que les grands chefs ne goûtent pas leurs plats et que les strip-teaseuses rentrent seules chez elles le soir. Tout mon être s'offrait à ce film, mais mon corps n'avait pour tout stimulus que de s'extasier du travail de la veille au cours des séances de rushes. Moment grisant où la gemme émerge de sa gangue, où le film embryonnaire délivre sa mesure. Nous flairions la naissance d'un chef-d'œuvre. J'ai eu cette sensation deux fois dans ma carrière, une fois avec Godard, une fois avec Agnès

Varda, pendant *Sans toit ni loi*, dont je ne tenais pourtant pas le rôle principal.

Au cours de mon trajet d'actrice, j'ai eu des satisfactions, des surprises, des émerveillements, des déceptions, des fureurs, mais cette certitude de voir éclore une œuvre unique et sans précédent n'est pas fréquente. On est muet, ébloui. C'est réconfortant. L'art est un mât auquel on s'accroche. Il est nécessaire et bienfaiteur, quoi qu'en disent les pessimistes qui ont annoncé sa mort.

Je vivais seule, donc, bientôt happée par le succès du film. Quelques-uns de mes amis fauchés commençaient à réussir. Paco Rabanne et Courrèges dessinaient les robes du futur. César plantait son pouce géant à l'entrée du Musée d'Art Moderne et Ionesco affichait complet tous les soirs au théâtre de la Huchette. Je marchais avec eux, fière d'être digne de figurer dans ce bataillon-là. Je me pavanais d'interview en interview, peu modeste. *Le Nouvel Observateur* avait titré : « Paris est amoureux d'elle. » Cela avait suffi à me tourner la tête. Mes cheveux courts coupés par Vidal Sassoon et mes guêtres retenues par des fermetures en scratch me donnaient une silhouette d'avant-garde de Walkyrie moderne. J'étais courtisée par des hommes importants, éditeurs, cinéastes et gouvernants. Mes opinions à l'emporte-pièce me distinguaient des minaudantes autres actrices. Pompidou, alors Premier ministre, recevait à Matignon avec des projections de films inédits. Je fus invitée pour raconter mon expérience. Assistance choisie, hommes d'affaires, intellectuels et grands journalistes. Ils furent surpris que je plaide pour l'indépendance de l'Algérie et pour la libéralisation de la pilule. Les oukases qui sortaient de ma petite bouche faisaient sourire les mondains. Ils eurent tort de ne pas écouter les signes avant-coureurs de la révolte en fermentation.

Je rencontrai, dans une de ces soirées, chez le chef d'orchestre et compositeur Maurice Leroux, un jeune garçon intense au regard inquisiteur. On me traitait de « mutante », selon les mots de Robbe-Grillet. Je représentais une nouvelle espèce féminine inquiétante et révélatrice d'une décadence menaçante. *L'Immortelle* venait de sortir et ravissait ces esprits élitistes enclins à considérer l'éternel féminin à leur sauce : les hommes construisent les femmes, elles n'ont pas à se construire elles-mêmes, où va-t-on... Elles ont les qualités et l'intuition que leur prêtent les hommes... Madone, mère ou putain sont des inventions de l'homme... Adorée par les grands peintres, les sculpteurs et les poètes, la femme occupe la place que les génies masculins lui ont trouvée, etc.

En bref, je n'étais que l'expression du talent de Godard.

Le jeune homme, lui, brûlait de me parler ailleurs, en tête à tête. Je l'invitai chez moi avec simplicité, il en fut tout étonné.

Il m'exposa sa vision du Paradis Perdu, de l'union entre l'homme et la femme qui corrige toutes les imperfections de la Création, par la médiation de l'Amour.

Charles était le petit-fils d'un auguste écrivain français, connu pour sa foi et ses grands voyages. Ses parents cruels lui avaient donné le même prénom que l'illustre aïeul, dont il portait aussi le nom. Il faisait des études banales, Sciences Po et Droit, mais il rêvait d'écrire, et de connaître une femme absolue qui confirmerait ses théories. Sa fougue et cette aspiration nietzschéenne à être le surhomme d'une surfemme le rendaient attachant. Mon ego se piqua de postuler pour ce nouveau rôle.

Je découvris l'amour pensé. L'amour réfléchi, cultuel, idéologique. Les chemins de l'érotisme sont innombrables. Celui-ci n'est pas négligeable. Nous parvenions à des pertes de conscience, à des envolées que le jeûne ou la prière doivent procurer. Il voulait faire l'amour à tout moment, il avait hâte d'être contre moi, de mêler nos corps pendant qu'il décrivait fébrilement le sens de nos gestes. Unis, nous étions le Tout reconstitué, l'Harmonie qui préside à la Paix, à l'Immanence. Cette perfection ne nous apparaît qu'une fraction de seconde, à l'instant fugace de l'orgasme, et nous la poursuivons inlassablement, pauvres humains inachevés que nous sommes. Il était épris, il me désirait, mais ces mots simples ne pouvaient être admis par son âme cogitante. Il ne manquait pas de vigueur, son amour persuasif me recouvrait et m'envahissait. Nous étions Tristan et Iseut, liés par un vœu. Une mission sublime nous attendait.

Hélas, l'esprit bourgeois de ce jeune Werther, briefé quotidiennement par une mère ambitieuse qui s'affolait de sa passion pour une actrice sans relations ni fortune, gauchiste par-dessus le marché, l'emporta. Je le voyais déchiré, écartelé. Cela se manifesta de la façon la plus odieuse. Il s'inquiétait que je sois enceinte sans le lui dire, comme une fille qui veut se faire épouser. Il me questionnait chaque jour sur la ponctualité de mes menstrues, s'assurait que tout danger était écarté. Cela devenait obsédant et vexant. Mon désir fut le premier à se rebeller. En terme d'amour-propre, il est plus éveillé que moi, je l'ai dit. Mon sexe et moi fîmes la grève de l'amour. Je ne voyais plus Charles qu'aux réceptions, au cinéma et dans les lieux publics. J'en souffrais, car j'aimais nos échanges intimes, mais je tins bon, jusqu'à ce qu'il m'avouât que sa famille lui avait interdit de me fréquenter. Il me voyait en cachette, sa tête tournait de tous les côtés comme une girouette pour surveiller les possibles espions autour de nous.

Notre clandestinité humiliante et inutile ne m'amusait pas et cette belle histoire immortelle tourna court. On me rejetait, on bafouait la limpidité de mes sentiments, on m'imposait un emploi de femme légère, eh bien je serais d'une totale légèreté, je sautillerais d'un amour à un autre en glanant le meilleur.

13.

J'avais de quoi être fâchée. Paris m'ouvrait ses bras, Alex Grall chez Denoël publiait un livre de moi parfaitement invendable de photos de *La Femme mariée*, les couturiers m'habillaient gratuitement, et un pâle garçon à l'avenir incertain me refusait.

J'ai appris depuis à ne pas m'étonner des contradictions du sort. Elles sont quasiment prévisibles. Quand la chance sourit d'un côté, l'horizon s'assombrit de l'autre. Combien de femmes magnifiques, belles, intelligentes, adulées et enviées ne trouvent pas de compagnon digne d'elles ? Combien d'hommes intéressants supportent une femme médiocre, faute d'en avoir croisé d'autres ? La nature se répartit, et les dons du hasard sont saupoudrés afin que chacun en reçoive un peu. On dirait que les cadeaux de la chance ont un prix. La solitude est la rétorsion courante, et ses corollaires, la susceptibilité et la partialité. L'isolement est fascisant, mais à l'inverse la promiscuité est démagogique.

Je virais à la pimbêche. L'échec sentimental m'insufflait un esprit vengeur et intolérant. Hormis mes idées politiques, qui demeuraient ouvertes et optimistes. On peut œuvrer pour l'humanité même lorsqu'on essuie des revers personnels. On peut croire au progrès même si on est rattrapé par la bestialité. On a vu des philosophes du collectivisme radieux battre leur femme et s'abandonner à la jalousie. Je prônais l'amour libre, mais je rêvais d'être choisie par un homme. Je me souvins de mon affliction première : ma stérilité. Une seule direction était donc la bonne, celle qui me conduirait à la maternité.

Les amants du moment s'éclipsèrent devant un homme qui devina mon souci. Mon futur mari. Massimo n'était pas sevré d'enfants, il en avait déjà trois, de deux femmes différentes. Il n'avait épousé aucune d'elles, à la mode italienne. On détournait ainsi l'absence de divorce. Le Vatican n'est pas serti au cœur de Rome pour rien. Le mariage civil existait depuis peu, mais pas le divorce. Le modèle des intellectuels italiens était Roberto Rossellini, dont la famille nombreuse et dépareillée occupait les revues à scandale. Tous ses enfants portaient son nom, mais pas leurs mères. Dans son sillage, un droit privé s'était créé, très chic mais casse-tête pour les administrations, les douanes et les droits de succession. Massimo n'était pas aussi international, j'étais sa première « étrangère », mais ma gloire française le flattait. Les Italiens ont gardé leur caractère provincial. Il blufferait ses amis et ses ennemis avec une star de la Nouvelle Vague à son bras.

Il déroula le tapis rouge : il me reçut à Rome à l'Hôtel Hassler, au-dessus de la Piazza di Spagna, il me régala dans les meilleurs restaurants, comme si tous ces lieux fussent son quotidien, des endroits simples qui représentaient la vie normale des Italiens. Ces palaces n'étaient pas hors de prix comme aujourd'hui, mais ils étaient coûteux tout de même. Il me fit goûter des mets inconnus, des pâtes aux truffes blanches ou à l'encre de seiche, il m'initia aux vins blancs du Frioul et aux Chianti du Gallo Nero. Il me fit visiter des églises souterraines et me montra les peintures érotiques étrusques. Il parlait doucement et tranquillisait ma féminité. Une entente s'installa aussitôt entre mon sexe et lui. Je crois, cette fois, que j'ai été manipulée. Le plan était de trouver un homme patient et aimant qui briserait le cadenas qui m'enchaînait. Tout le reste était foutaise. L'amour, le plaisir, la séduction et leurs explorations pâlissaient face à ce grand projet qui ferait de moi une femme à part entière. Je n'avais pas à discuter. Cet homme s'attaquerait à mon écueil, il était le fécondateur providentiel que nous attendions.

Massimo était documentariste et producteur, le cinéma nous avait réunis, à l'occasion d'un festival de courts métrages dont il fut le gagnant. Sa notoriété, plus spécifique que la mienne, lui valait le respect de ses pairs. Son caractère dominateur dans la suavité masquait une folie contrôlée. Je la décelai rapidement et elle me charma. Elle garantissait la démesure latine qui remplaçait les excès slaves auxquels je venais de goûter.

J'allais oublier de raconter cet épisode-là. Mon sexe martyrisé dans cette affaire l'avait occulté, voyez-vous. La Nouvelle Vague battait son plein, les jeunes cinéastes et leurs acteurs étaient invités à tous les festivals, j'avais vu Rio, Mar del Plata, Zagreb, Venise, Karlovy Vary, Taormina, Montréal et Annecy. Le festival de Moscou avait lieu tous les quatre ans, la délégation française était triée sur le volet. Alexandra Stewart et Anna Karina furent du voyage. On pensa, bien sûr, que mes ascendances russes plairaient aux organisateurs. Brejnev avait succédé à Khrouchtchev, le durcissement était sensible. Nous étions encadrés comme des enfants de la maternelle. Interdit de se déplacer individuellement, interdit de parler à des Russes non agréés, interdit de quitter le groupe. Au restaurant de l'hôtel Rossia qui hébergeait les étrangers, chaque pays avait sa table, fichée d'un drapeau et de la liste des participants. Une « dijournaïa », gouvernante d'étage appointée par le KGB pour nous surveiller, faisait l'appel à chaque repas. Mon ami Pascal Aubier représentait *Les Cahiers du Cinéma*, il baragouinait un peu de russe, comme moi. Les jeunes cinéastes russes nous dénichèrent vite. La répression attise la débrouillardise. Parmi eux Otar Iosseliani, Tarkovski et deux frères, enfants terribles du VGIG, l'école de cinéma, André Kontchalovski et Nikita Mikhalkov. L'un était metteur en scène, l'autre comédien. Beaux et fougueux tous les deux, ils se sentaient promis aux grandes destinées, d'autant que leur père était au Comité central et qu'ils jouissaient d'un statut particulier. André avait pris le nom de sa mère, et Nikita celui de son père. C'était possible légalement en Union soviétique.

Mme Kontchalovski était une femme charmante, très ancien régime dans ce monde plébéien. Elle vivait dans une datcha en dehors de Moscou construite en bois de rose et les moujiks lui baisaient la main le dimanche. Elle était la petite-fille d'un grand peintre romantique, les Russes aiment et respectent leur passé, elle était doublement protégée, par son mariage avec un apparatchik et par ses ancêtres.

Andron, c'est ainsi qu'on l'appelait, savait qui j'étais. Il fut indigné que je ne parle pas le russe couramment, et plus encore que je sois sympathisante communiste. Les jeunes Soviétiques avaient du mal à comprendre que l'élite française fût de gauche. Ils admiraient Malraux, Péguy et Georges Brassens, dont nous fûmes surpris de découvrir qu'ils connaissaient toutes les chansons par cœur. Habitués à la peur, ils observaient notre désinvolture et notre franc-parler avec stupeur.

Andron nous proposa de voir son film, tourné difficilement et interdit par les autorités. Il organisa une projection aux studios Mosfilm, le soir après que le personnel fut parti. La difficulté avait été de semer nos guides et interprètes dans les couloirs kilométriques de l'hôtel, puis de prendre un taxi en nous cachant, couchés sur le siège arrière. Le chauffeur eut le temps de me reconnaître, d'après des photos publiées le matin même dans les quotidiens moscovites. Il me dit, en russe :

– Tu es la fille du prince Gagarine, je t'ai reconnue. Bienvenue à Moscou. Maintenant je vais te montrer le palais de ta famille.

Il coupa son compteur et nous conduisit dans une rue du centre, me montra un immeuble austère devenu un ministère, et me raconta qu'autrefois, au temps de mon grand-père, les anneaux de la porte cochère étaient en or et qu'un planton en livrée les gardait jour et nuit. Puis il enclencha son horodateur et nous accompagna aux studios. Homme d'une quarantaine d'années, il était né dans le communisme et conservait pourtant une connaissance de l'Ancienne Russie, avec égard et fierté. On ne me demande si je suis parente de l'astronaute qu'en France. Là-bas, on sait que mon nom était célèbre bien avant lui.

Le film *Assia* était une merveille. Même si nous ne comprenions pas tout, car il est interprété par des paysans qui parlent un dialecte du sud de la Russie, sa fraîcheur, son authenticité nous enthousiasmèrent. Nous avons promis d'en parler à des distributeurs français pour qu'il sorte chez nous. Le projet d'emporter clandestinement une copie en 16 mm se complota.

J'offris mon beauty-case, qui serait moins soupçonné qu'un sac. Nous avions le sentiment d'appartenir à la Résistance, d'ailleurs, nous ne mesurions pas les dangers encourus.

Andron crut en mon émotion de retrouver mes racines, mais en réalité j'étais fascinée par lui, par ce type d'homme si différent des mâles européens, et de mes camarades français. Il nous proposa de nous montrer les coulisses du Bolchoï, et de nous introduire dans la fosse d'orchestre, pendant un ballet. Des gags d'étudiants, les seuls amusements qu'il pouvait nous offrir, car se montrer avec nous dans une auberge ou le hall d'un hôtel pouvait lui causer de graves ennuis. Il prenait naturellement ma main, m'entraînait avec virilité. Nous achetâmes une bouteille de vodka en dollars à un « Beriochka » (magasins réservés aux personnes munies de devises) et nous la bûmes au goulot à tour de rôle, en chantant à la gloire de l'amitié, des femmes et de l'Art. Une larme d'émotion apparaissait parfois au coin de ses yeux, auxquels on aurait donné le Bon Dieu sans confession.

Soudain, sur la grand-place du Bolchoï, il me prit dans ses bras et me souleva, me hissa au-dessus de lui comme le trophée d'une Coupe du monde.

– Je suis heureux, dit-il, je t'aime.

Il avait l'air sincère et bouleversé. Il me fit tourner, tourner, il embrassait mes mains, mes yeux, mes cheveux. J'avais le vertige, l'alcool et l'amour s'engouffraient en moi en tourbillonnant comme le vent de juillet qui sentait la steppe et la toundra. Je m'abandonnai à cette version nouvelle de la passion, j'avais peut-être trouvé la réponse à ma différence. J'étais russe et seul un Russe était capable de réveiller mon être profond. Je pense encore que l'amour est vécu très différemment par les Slaves, les Nordiques en général. Je pense aussi qu'il est invivable pour une femme née en France, qui vit à Paris.

Une idylle furibonde s'ensuivit. Nous ne nous quittions plus, nous faisions l'amour pendant que les autres visionnaient les films, en nous enfuyant par les sorties de secours dès que l'obscurité se faisait. Nous courions, pieds nus, pour que nos pas ne résonnent pas dans les couloirs de marbre. En huit jours, je n'ai pas dormi plus d'une demi-heure par nuit. Mes chevilles avaient triplé de volume et mon foie allait exploser à cause de la vodka qu'on buvait à toutes les occasions. Les toasts se succédaient, à l'un, à l'autre, à la mémoire des absents, des disparus, des héros favoris, des policiers qui nous épiaient, de Truffaut, de Godard, de Le Chanois, de Jean Rouch. Je n'ai jamais éclusé autant d'alcool de ma vie. La jeunesse a du bon : nous tenions le coup.

Pas mon sexe. Andron avait une énergie qui frôlait la violence. Il faisait des bonds dans la couchette étroite de ma chambre, rugissait et me secouait. Son pénis, un peu plus développé que la moyenne, me labourait. Il me faisait mal. Plus mon partenaire se déchaînait, plus mon ventre se refermait. Il n'aime pas les exagérations. Je ne crois pas qu'il faille aller au bout de ses forces et s'évanouir, exténuée dans les bras d'un amant plus opposant qu'allié. Les grands moments que nous avions connus, mon sexe et moi, ne m'épuisaient pas, au contraire, ils permettaient au désir de renaître et de ranimer les corps un instant assoupis. Mon beau Tatar pratiquait l'amour comme un combat. On risquait sa peau. Chaque fois un peu plus. Je n'osais demander grâce. L'amour, me disais-je, c'était peut-être cela, tout ce que j'avais vécu jusque-là n'était que de l'eau de rose. Enfin je m'approchais des dosages d'adulte, et je ne rechercherais plus rien d'autre.

Aujourd'hui je pense que ce garçon, certes vigoureux, se vengeait instinctivement de tout ce qu'il n'avait pas dans son pays, qu'il me punissait de ma liberté, de mon humour, de mon succès, de mes lunettes de soleil Ray Ban, de mon passeport avec lequel je repartirais sans embarras, tandis qu'il resterait à Moscou, emmuré et prisonnier. Sa rage ne s'explique pas autrement, car il était amoureux. Il caressait même l'espoir de m'utiliser pour s'échapper, en m'épousant, ou en se faisant inviter par ma société de production récemment constituée, pour un travail quelconque en Occident. Il n'eut besoin de rien de tout cela, car son grand talent s'exporta sans magouille. L'Amérique lui tendit la perche et il la saisit voracement. Mais ses meilleurs films restent ceux qu'il fit en Russie, sous le joug communiste : *Le Premier Maître*, *Assia*, et *Un nid de gentilshommes*.

Une cohorte d'amis russes nous accompagna jusqu'à la passerelle de l'avion qui nous ramena à Paris. Ils apportèrent des cadeaux touchants, des gâteaux fabriqués par leurs mamans, des cartes postales, avec leurs adresses en caractères latins et cyrilliques, des chapkas en fourrure mal tannées et des caramels à moitié fondus dans des boîtes jaunies par le temps.

Andron ne m'apporta qu'une fleur, et me répéta :

– Souviens-toi de notre promesse. Chaque année, à la même date, je t'attends sur la place du Bolchoï, souviens-toi.

Je pleurais à chaudes larmes tandis que mon sexe s'apprêtait à hiberner, tout cabossé entre mes jambes serrées. Nous avions du chagrin, mais nous partions soulagés. Nous n'étions pas de taille à poursuivre une pareille embardée.

Je revis Andron quelquefois, un rendez-vous à Prague, puis un autre en Pologne, là où ses visas pouvaient le conduire à l'intérieur de la barrière qui encerclait les Pays de l'Est. Il m'écrivait en russe, je répondais en anglais, les mois passaient et je me rendis à la conviction que je n'irais pas sur la place du Bolchoï l'année suivante, des millions de choses se dérouleraient d'ici là. C'est long, un an, quand on a vingt ans.

J'entrai donc dans une autre démence, celle de l'Italie. Beaucoup plus tard, quand je revis Andron à Rome, il me dit :

– Tu as trouvé ta Russie en Italie.

Ce n'est pas faux. Les Russes et les Italiens ont des points communs. Le système D., un mépris pour l'État, pour les institutions, un humour salvateur et tragique et la présence de la mort, partout, dans l'art populaire comme dans l'esprit des élites, fatalistes et désespérées. Demain ne sera pas meilleur, il ne faut pas se faire d'illusions, la condition humaine ne change pas. Dieu, Gramsci ou l'occultisme sont des réponses qu'on tend à la misère, quelquefois toutes les trois ensemble. Le cartésianisme français prétend résoudre les difficultés, la « *combinazione* » italienne fait des tentatives, à la façon des utopismes russes. Au passage, la vie s'écoule, buvons et chantons, pas question qu'on nous dérobe le présent.

Vivre en Italie est un délice. Travailler, construire un avenir en Italie est un cauchemar.

14.

Dès mon arrivée à Rome, je fus immédiatement conquise par la vivacité et l'humanité de ce peuple ingénieux. Tout me plaisait : les tables des trattorias au milieu de la rue, les taxis qui klaxonnent, le parfum des jambons suspendus dans les épiceries, et les marchés regorgeant de légumes inconnus, les fanes de navets, les fèves fraîches, les miniscaroles et les *puntarelle*, dont j'ignore toujours le nom en français.

La vie rurale est proche, chacun a un parent quelque part dans une campagne, des joutes d'huile d'olive et de raviolis maison occupent les conversations. C'est chaleureux et rassurant, comme un pull tricoté par une grand-mère.

J'étais une citadine qui découvrait les champs, une intello qui avait perdu les liens avec la terre, la nature et les traditions. Les familles italiennes se soudent à l'occasion des grands repas dominicaux, des bruissantes tablées présidées par les plus âgés qui enseignent aux enfants l'art de s'empiffrer pour maintenir la cohésion familiale. Je connus ces pittoresques réunions avec les parents de Massimo, notables de la bonne bourgeoisie émilienne tout aussi attentive à la qualité des aliments qu'à leur provenance. Ma future belle-mère achetait au marché ses aubergines et son parmesan comme s'il s'agissait de joyaux dans une orfèvrerie. Elle soupesait, odorait, goûtait, et se faisait enfin servir des petites quantités de chaque produit, car le frigo abîme leur fraîcheur. Elle se moquait de mes réserves et de mes prévisions, qu'elle tenait pour de la paresse de cuisinière de cantine. J'ai appris les saveurs, les cuissons et les assemblages en lui volant le métier, espionnant ses casseroles par-dessus son épaule. Elle ne m'aurait rien dévoilé de son propre chef.

Goethe a dit que toutes les pertes de temps apparentes, pourvu qu'elles soient employées à apprendre quelque chose, servent un jour. Pendant plusieurs années, ces fortes structures familiales et régionales m'ont enchantée et m'ont suffi. Mon destin flânait, mais ma carcasse se rendait utile : il fallait élever les petits garçons de mon mari.

L'histoire est belle et mérite que je m'y attarde, car elle concerne aussi la vie de mon sexe. Je m'étais mariée à l'église russe de la rue Daru, à Paris, pour la splendeur de la cérémonie et pour faire plaisir à mes beaux-parents, très catholiques, que le dernier Concile avait rapprochés des orthodoxes.

Avant de dire oui, j'avais souhaité connaître les enfants de mon futur époux, c'était la moindre des choses. Nous avions loué une maison en Sardaigne sur une côte sauvage de rochers et de sable rose. Des promoteurs milanais l'avaient platement nommée « Costa Paradiso », mais le village le plus proche, juché sur un promontoire, portait le joli nom de Trinità d'Agultù. La Trinité chrétienne accolée à un ancien mot sarde, prononcé en tapant les t et le g, et en accentuant la dernière syllabe. On dit que le sarde est la dernière survivance du latin tel qu'on le parlait avant l'italianisation de la langue écrite par Dante. Langue âpre, gens âpres, paysages âpres. D'une beauté à couper le souffle. Dans l'étalage de la séduction, Massimo avait déployé les merveilles de la Méditerranée. Bombardement de chocs visuels, olfactifs. Une palette de chaleurs solaires, d'ombres fraîches, de vents légers ou puissants, déroutants. On peut en vain chercher des paradis ailleurs, rien n'est plus réussi, plus harmonieux, plus varié, plus délicieusement adapté au bonheur de l'homme, que les paysages et les climats de la Méditerranée. Tout concourt à nous charmer : la végétation, l'absence de végétation, les odeurs, les proportions, et ce que l'humanus mediterraneus en a tiré. Maisons basses de pierre sèche, « trulli » des Pouilles en pain de sucre, candides églises grecques aux coupoles bleues, petits ports où les vieux pêcheurs édentés rafistolent inlassablement leurs filets, barcasses bariolées, cyprès stratégiques aux aguets à mi-colline, agaves voluptueux et piquants, figuiers odorants, oliviers centenaires sur les places de village, fontaines, lavoirs, marchands de glace en scooter et porteurs d'eau à dos d'ânes enrubannés. Où voit-on tant de couleur, tant de fantaisie, tant de sagesse, dans la crainte et le respect de la mer qui s'insinue dans les terres et les esprits par toutes les brèches ? Le béton ne viendra jamais à bout de cela, il recouvre, mais ne masque pas ; il concentre les populations grégaires, effrayées par la beauté. Je ne suis pas pessimiste, il y aura toujours un coin de Méditerranée vainqueur.

Celui-là était un triomphe. Au bout d'une lande déserte, où ne pousse que le maquis, s'écroule dans la mer une cascade de rochers roses, arrondis comme des sculptures de chair. Tout en bas une eau turquoise, d'une transparence troublante, fausse le calcul de la profondeur de ces plans d'eau prisonniers entre les rocs, mollement remués par le ressac.

On avait recensé une dizaine de petites piscines suspendues, réalimentées par les plus grosses vagues. On sautait d'un rocher à l'autre sans difficulté, on se perdait entre ces mamelons où j'aurais bien fait l'amour, le dos contre la chaleur d'une paroi lisse. Mais ce n'était pas le genre de mon fiancé. Il était corpulent, ses chevilles étaient fines et ses pieds petits comme ceux des Indiens. Il craignait pour son équilibre, mais surtout pour sa dignité, dont il se souciait beaucoup. L'humour et la légèreté n'étaient pas son fort. En échange, je me sentais protégée, il assumait pleinement notre relation. Un homme qui s'engage, ce n'est pas si fréquent. Il était un père, pas un amant. L'intuition de mon sexe avait été la bonne, c'est pour cela qu'il nous avait plu. À époque donnée, partenaire adéquat. On ne se trompe pas, même si aux yeux des autres on s'allie bizarrement, nous sommes seuls à savoir les nécessités qui nous meuvent. On ne recherche pas toute la vie le même homme, ou la même femme. Il y a des empêchements et des laissez-passer soudains.

Massimo avait ma confiance. À cette heure-là, mon ventre avait désigné un homme apte à lui faire connaître une très grande expérience. La plus grande. Celle qu'on a beau vous décrire, de femme en femme, de génération en génération, il faut l'avoir vécue pour qu'elle cesse d'être une énigme, un miracle. La femelle en moi voulait entrer dans le mystère de l'enfantement, avec ses moyens, les miens.

Une humilité nouvelle me transformait. Je mutais. Tant pis si mon image se banalisait. De conquérante, je devenais postulante à la reproduction, latinisée et désarmée. Le parcours du combattant où nous nous engagions, mon ventre et moi, m'obligeait à la douceur et à la discrétion. Cachée au creux d'une famille italienne constituée, je pourrais le seconder dans son épreuve. À l'approche de la trentaine, il était temps que je m'attelle à ce grand projet.

On a vu dans mon attirance pour des hommes plus âgés un transfert de mon père manquant. On oublie qu'une majorité de filles sont amoureuses de leur père vivant et le cherchent chez tous les hommes qu'elles croisent. J'avais de mon père mort un souvenir imprécis et une vision idéalisée par ma mère et par mes sœurs. Le veuvage est fantasque, il a le don de déformer la mémoire des absents. Les récits qui m'étaient faits me semblaient ennuyeux et débiles, la magnificence de mon père sonnait faux. Je me suis édifié une idée de l'homme sur le tas, en observant ceux que j'ai approchés, et les personnages de roman qui m'avaient touchée : l'alcoolique d'*Au-dessous du volcan*, l'homérique et scandaleux *Ulysse* de Joyce, les fatalistes *Frères Karamazov*, les dépressifs de Pavese, les froids non-héros de Faulkner, l'abusif d'*Un ange au paradis* de Miller, les sceptiques de Huxley, les insolites de Gracq et les hommes de Proust, qu'il n'enjolive pas. Une galerie d'hommes vus à la loupe de la lucidité et de la probité. J'étais convaincue, avec Schumann, que « projeter la lumière dans les profondeurs du cœur humain est la vocation de l'artiste ». J'avais beaucoup plus à attendre des écrivains et des cinéastes que de la transmission familiale. En ce qui concerne mon jugement sur les hommes, je suis une autodidacte.

Avec difficulté, Massimo obtint de ses deux « ex » qu'elles nous confient les enfants pour quinze jours. Ils arrivèrent pour le déjeuner, cornaqués par une redoutable nounou qui me détesta aussitôt. J'étais trop différente, trop française, trop bien habillée, trop ignorante des usages italiens. Avec les enfants, ce fut un autre scénario.

L'aîné avait huit ans, il était très brun, maladivement attaché à sa mère sicilienne, et cette première séparation le paniquait. Il attendait l'appel quotidien de sa maman, assis près du téléphone une heure à l'avance, et lui faisait des rapports déplorables de tout ce qui n'allait pas : les rochers brûlaient les pieds, il n'avait pas pied dans la calanque en bas de la maison, la cuisine ne lui convenait pas, ses demi-frères étaient turbulents et il pleurait toutes les nuits. Nous ne savions comment venir à bout d'un tel spleen.

Les deux autres, deux ans et demi et cinq ans, étaient très différents. Blonds, malins, gracieux, ils m'adoptèrent sur-le-champ. La surprise vint du tout-petit : nous eûmes un coup de foudre réciproque que je ne pouvais pas prévoir. Dès le premier instant, fatigué par le voyage, il m'observa, les yeux à demi fermés dans les bras de son père. On leur montra leur chambre en contrebas, celle de la nurse, celle de papa, et la mienne, à l'étage. Pour ne pas les traumatiser, nous avions décidé de faire chambre à part.

Après la sieste, il remonta dans le grand séjour-salle à manger où nous finissions de déjeuner, face à la terrasse qui s'ouvrait sur la mer.

Rodolfo se posta dans un coin d'où il pouvait bien me voir, debout, le pouce et la moitié de la main engloutis dans la bouche. Il me regardait. Il me regarda jusqu'au soir. Ses frères jouaient à côté, mais lui me regardait. Je m'adressais à lui de temps en temps dans mon italien de débutante. Je lui expliquais qu'on irait se baigner demain, aujourd'hui il y avait trop de vent, la mer était agitée. Il ne répondait pas, mastiquant son pouce gercé. Il écoutait nos conversations, les yeux fixés sur moi. Puis vint l'heure de la douche, leur autoritaire gouvernante les descendit dans leur salle de bains. Quand il remonta, tout de blanc vêtu, il vint directement s'asseoir sur mes genoux. Il resta collé à moi pendant toutes les vacances. Il parlait à peine, mais il avait tout compris. Les enfants comprennent tout. Je le prenais à califourchon sur une hanche, je sentais ses petites jambes nues sur ma taille, il accrochait ses bras autour de mon cou et nous partions pour de grandes balades, nous gambadions sur les rochers, nous nous baignions ensemble, il n'avait peur de rien, pourvu que je sois près de lui. Un amour énorme était né. Il durera toute ma vie.

Surprenant et nouveau pour moi. Son frère Giordano m'aimait bien, lui aussi, mais c'était plus classique. Il appréciait les jeux de cartes que je lui montrais, les nombreuses patiences que ma mère m'avait enseignées, des russes, des allemandes, des simples, des compliquées. C'était un enfant éveillé, sensible et rieur, il m'acceptait parce que je m'occupais de lui, rien de plus. Son petit frère, lui, m'avait choisie, c'est autre chose. Son regard bleu me transperçait, il s'appropriait ma personne, chacun de mes mouvements.

Avec un instinct confondant, il sut avant tous les autres que je serais sa mère.

15.

Le temps s'arrêta. Je ne m'interrogeais plus, une priorité sans discussion s'était emparée de moi.

De retour de Sardaigne, peu de semaines avant notre mariage fixé en octobre, la question des enfants se posa. Du côté de la Sicilienne, pas de problème. Un robuste encadrement clanique la soutenait et ne la lâcherait pas. Des oncles puissants et une grand-mère dévouée se chargeaient de l'éducation de Luigi, malgré le chagrin de Massimo qui aurait bien voulu avoir son mot à dire. Il se gonflait d'autorité, mais obtenait peu, face à un mur de tradition et de rancœur. Il n'avait pas épousé leur sœur et fille, il serait écarté. Le petit garçon, hélas, faisait les frais de cette division, mais je jugeai rapidement qu'on ne pourrait rien y changer, avec la meilleure volonté du monde. Les deux petits, Rodolfo et Giordano, avaient une mère charmante mais faible. Elle subissait la maternité plus qu'elle ne l'avait programmée. Elle adorait ses enfants, mais les élever seule relevait de l'insurmontable. Les scènes et les doléances se succédaient, harcelant mon pauvre fiancé qui avait cependant un plan derrière la tête. Au vu de mes aptitudes dans ma nouvelle fonction de belle-mère, il envisagea de décharger la mère biologique de sa responsabilité, d'autant plus qu'il ne lui faisait aucune confiance et qu'il cultivait des rapports infects avec elle. Il entreprit une procédure insensée de privation de la « *patria podesta* », droit parental prioritaire dont toute mère jouit automatiquement, en invoquant les moyens matériels inexistants et l'instabilité caractérielle de la pauvre Flavia. Il fut débouté, naturellement. Je fus tenue à l'écart de ces manœuvres, que je découvris beaucoup plus tard, avec un certain désagrément. S'il m'avait consultée, je lui aurais conseillé de ne pas agir de la sorte, car il se tramait à son insu des courants psychologiques infiniment plus forts que n'importe quelle loi.

Nous annonçâmes aux garçons que nous allions nous marier, et je leur proposai d'assister à la cérémonie. Mon futur époux me fit les gros yeux, mais les enfants acceptèrent avec enthousiasme. Leur mère m'appela quelques jours plus tard pour me dire que les enfants ne viendraient pas à Paris, car les parents de Massimo faisaient barrage, mais qu'elle avait été très remuée par ma requête et qu'elle souhaitait me parler en tête à tête. Elle me fixa un rendez-vous dans un salon de thé le lendemain. Cela devait rester entre nous. Je m'y rendis, non sans appréhension. Qu'allais-je apprendre ? Que voulait-elle me révéler qui pût me mettre en garde d'épouser cet homme ? Solidarité féminine, je respectai le secret et n'en parlai à personne. Je n'avais pas d'animosité contre cette femme, malgré le profil désastreux qui m'était brossé d'elle chaque jour. Je la connaissais de vue, et son visage ne suscitait pas d'infamie, au contraire, elle m'inspirait de la curiosité et de la compassion. On lui imposait un rôle sacrément difficile, je ne pouvais que la plaindre, moi qui récoltais le meilleur, avec l'impudente euphorie de la femme qu'on épouse.

Notre entretien dura une heure. Elle parlait rapidement, sans pause. Elle avait préparé des phrases, mais elle les abandonna très vite. La sincérité et l'émotion n'affectèrent pas sa résolution. Au bout de quelques minutes, elle me dit :

– Je sais que tu aimes Rodolfo et Giordano. Ils t'aiment aussi. Je ne vais pas pouvoir m'en occuper. Je te les donne.

Aucun son ne put sortir de ma gorge nouée. Mes yeux se remplirent de larmes. Les siens aussi. Nous ne nous embrassâmes pas, les manifestations physiques auraient été déplacées devant l'ampleur de ce qui se passait. Elle m'expliqua qu'elle n'aurait jamais confié ses enfants à leur père, qu'elle haïssait, cela s'entend. Elle aurait entrepris une longue bataille juridique et humaine contre lui, si je n'étais apparue à l'horizon de ces enfants innocents et qu'elle voulait protéger à tout prix. La confiance qu'ils me vouaient l'avait alertée. Elle les avait sondés, et leur réponse fut la sienne : je serais une bonne mère pour eux.

Elle me tendit une lettre où elle faisait cette déclaration solennelle, en jurant de n'écrire sous aucune influence. Seul le bon sens la guidait.

Aujourd'hui encore, des frissons me viennent en rapportant ces faits, car cet acte inouï devait se révéler remarquable de prescience. En effet, quelques années plus tard, on lui découvrait plusieurs tumeurs au cerveau. Au moment où elle faisait ce geste, elle n'en savait rien. Son cœur de mère lui avait dicté cette conduite, la plus féminine et généreuse qu'on puisse imaginer. Elle décéda après une trépanation et une déchéance physique épouvantable, que les enfants ignorèrent plus ou moins, selon son souhait.

Cette petite femme sans destin avait fait preuve d'un courage hors du commun. Je pense à elle quelquefois, je cherche dans les traits de Rodolfo la blondeur fragile et écrasée de cette femme martyre, et je ne vois que la ressemblance avec moi. Il a mes gestes, ma voix, mon regard, que son frère n'a pas attrapés.

J'ai vécu ses oreillons, sa coqueluche, ses angoisses scolaires, ses victoires sportives et sa curiosité pour le cinéma, que j'ai spontanément éveillée en lui. Je le protégeais de son frère, chouchou de son père. Nous avions les secrets d'une alliance inaltérable. Aujourd'hui il a trente ans, il est beau comme un diable, il est acteur et c'est mon meilleur ami. Il a souhaité que je l'adopte officiellement, notre cas est un cas d'école que les vaines tracasseries du père n'ont pas pu contrarier. Il était mon fils, depuis le jour où sa mère me l'a remis avec son frère, à moins qu'une fatalité plus sinueuse n'ait tracé à notre insu cet itinéraire d'un enfant aimé.

Mon ventre approuvait tout cela, et vivait ces félicités avec la patience de celui dont le tour viendra bientôt. Je m'employais à une sorte d'apprentissage, nous donnerions bientôt un petit frère ou une petite sœur à ces deux garçons. Il ne se plaignait pas de la morne vie sexuelle qui s'était installée entre mon mari et moi, nous avions d'autres objectifs et le souvenir de mes activités passées s'estompait dans une brume lointaine que le soleil romain rendait irréelle. Je me demandais en effet comment j'avais pu vivre dans le climat parisien, de même que j'étais indifférente à l'effet que je produisais sur les autres hommes. Quelques-uns m'approchèrent, au cours des rares films que j'ai tournés pendant cette période, ils reçurent ma froideur et ma neutralité en réponse. J'étais investie, enrôlée. J'appartenais à ces trois hommes, le père et les deux fils. Un ami fidèle, qui passait quelquefois en Italie où ses conférences politiques le conduisaient, me raconta plus tard son étonnement face à mon total engagement et mon zèle de mère et d'épouse, aux antipodes de la véhémence soixante-huitarde qui avait été la mienne. Je ne me suis pas aperçue du changement. Tout s'est enchaîné avec naturel et évidence. Je n'ai jamais rien entrepris que je ne veuille réussir. Ici je voulais être la meilleure mère, la meilleure cuisinière italienne, la meilleure compagne et la meilleure assistante de l'œuvre de mon mari. Ces tâches me comblaient, le résultat était probant, je peux dire que j'étais heureuse.

Dans cette apothéose, mon sexe consentait à ne pas s'amuser, mais il fallait lui donner un statut. Un médecin acupuncteur et libéral m'orienta vers un grand spécialiste suisse, celui qui avait permis à Sofia Loren d'accoucher enfin d'un beau bébé, après des années d'attente et d'incertitude. Nous nous rendîmes à son cabinet, à Genève. Il fut catégorique : il fallait opérer. Soit. Dans ma ligne actuelle, j'étais disposée à tout pour accroître mes chances de parturiente. Il me tailladа sans remords, déboucha les trompes inculpées, et me relâcha à mon sort de convalescente dans la moiteur de sa clinique personnelle payable en chèque suisse. Massimo s'émouvait de me voir, toute pâle, dans cet Hospice de la Maternité qui résonnait de vagissements et des cloches du beffroi attenant, répétition générale d'événements futurs, espérions-nous. Il disait que ce coûteux air des montagnes me ragaillardirait mais riait de ma pitance fade et inodore. Vivement qu'on retourne à nos pâtes au basilic et aux tomates mûries au soleil. Notre communion culminait dans les épreuves que nous faisions subir à mon sexe rasé et sondé. Mes difficultés l'attendrissaient, il désirait sincèrement mon salut, et celui de tout mon système génital qui le concernait autant que le sien propre. Je retirais de cette attitude une paix, une douceur que toute femme brigue. Pour ma part je me consacrais tout entière à notre but, les souffrances physiques et les enlaidissements m'importaient peu. Mon sexe responsabilisé se tenait coi, embarqué dans la bataille.

Cette lourde opération se révéla inutile, le mal venait d'ailleurs. Le cher grand ponte me renvoya dans mes foyers avec une prescription de bains sulfureux dans une station thermale, et sa bénédiction.

Je commençais à me décourager, et je percevais une amorce de détachement de la part de mon époux, qui faisait le joli cœur avec sa secrétaire et les filles de ses amis engagées comme stagiaires pour faire gratuitement les enquêtes documentaires de ses films.

Mon emploi du temps chronométré m'envoyait des courses à l'école, de l'école au stade, au cours de chant, de guitare, d'équitation pour Giordano, et de plongeon où Rodolfo excellait. J'étais chauffeur, répétitrice, infirmière, promeneuse, adversaire au scrabble, aux cartes et au ping-pong, couturière, amuseuse et confidente. Je n'avais guère le temps de réfléchir. Mon utilité sur terre était indéniable, et mon efficacité incontestable. Les enfants m'adoraient, ils craignaient leur père, toujours en retard aux repas, mais qui prétendait qu'on se lève et qu'on quitte la table la bouche pleine pour le saluer à la porte d'entrée. Ils voyaient leur mère à jours fixes, le dimanche et les jours de fête. Rien n'avait autant d'attrait que le temps passé avec moi, les jeux, les savonnages, les shampooings et les lectures du soir. Je connais la fonction de mère à fond.

J'en ai connu les joies et les emmerdements. Je n'ai pas reculé, je m'y suis livrée avec toute mon énergie.

Je voyais la mise au placard de ma sexualité avec modestie. Son avenir s'éloignait au profit de celui des enfants. Je crois que toute mère a vécu cela. Je ne les avais pas mis au monde, mais leur présence conditionnait mon devenir. Mon rendez-vous avec le bonheur passait par le leur. Ce qui leur convenait me convenait, ce dont ils avaient besoin était ma direction. J'ai passé six ans suspendue à leurs désirs. Je m'habillais autrement, à leur goût, qui était précis. Ils m'aimaient en couleurs claires, mais pas trop voyantes. Ils aimaient voir mes formes, mais détestaient les décolletés et les talons hauts. Ils étaient possessifs et jaloux. Ils n'appréciaient que les photos de vacances prises avec eux. Ils étaient fiers d'avoir une maman jolie, et nous formions franchement un trio ébouriffant, trois têtes blondes et radieuses. Quand nous courions dans les rues en nous tenant par la main et en riant, les gens se retournaient. J'avais obtenu qu'on ne leur coupe pas les cheveux trop courts, et nous avions pratiquement la même longueur de cheveux. J'aurais pu être leur grande sœur, ou une jeune tante, complice et ressemblante. Mais j'étais leur mère, impliquée jusqu'au cou. Moi aussi j'étais flattée de les montrer, les Italiens sont très attentifs aux gamins, nous avions un succès fou partout.

Mes beaux-parents reconnaissaient mon dévouement qui les rassurait sur le sort de leurs petits-enfants. Leurs inquiétudes se portaient sur leur fils, dont les affaires tournaient mal. Je savais que mon beau-père nous renflouait régulièrement, mais j'ignorais dans quelles proportions. J'avais entrevu avec effroi que la société de production dont j'étais une symbolique administratrice avait trois comptabilités : une pour le fisc, une pour les clients, une réelle, que seul Massimo détenait. Avec désinvolture, il affirmait que c'était normal, que tous les Italiens procédaient de la sorte, même les plus grosses entreprises. Au moment du grand nettoyage des « *Mani Pulite* », en effet, on révéla les pratiques de la Montedison, et de la Confindustria, qui ne différaient pas tellement des nôtres. Toute l'économie italienne cheminait par des voies souterraines qui ne choquaient personne. Je m'efforçais de ne pas m'inquiéter, bien que mon mari fût souvent soucieux. Je ne pouvais pas tout assumer. Dans le bon échange entre époux, j'apportais ma part, non négligeable. J'avais pris à bras-le-corps la situation familiale, les enfants grandissaient dans une atmosphère harmonieuse et réglée. Certains soirs, j'étais si fatiguée que j'allais me coucher à la même heure qu'eux. Je m'étais mise à leur service, on ne parlait plus de ma carrière d'actrice, ni des projets français de ma société de longs métrages. Nous avions tout réuni dans la même caisse, nos biens et nos intérêts. Je n'étais pas riche, mais j'avais gagné un peu d'argent que j'avais généreusement investi dans le cinéma, ce qui fut la meilleure façon de le perdre. Je n'ai jamais fait grand cas de l'argent. Ce qui compte pour moi, ce sont les possibilités et les enjeux. Dans le cinéma, on se construit peu à peu une légitimité qui vaut tout l'or du monde. La réputation et les capacités sont notre vrai capital, la continuité accomplit le reste. Plus tard, après mon interruption de presque dix ans, ma reprise fut une aubaine. Certains ne se relèvent pas après une telle coupure. Mais n'anticipons pas.

Je précise que le désir sexuel m'a étrangement fichu une paix royale pendant cette période. Je crois pouvoir l'expliquer. Il y a un fort érotisme dans la relation avec des enfants. Particulièrement avec des garçons. Les deux miens me regardaient avec des yeux d'hommes, à cette différence que je les dominais dans tous les domaines, et que je dirigeais leur existence. C'était très gratifiant, mon pouvoir n'avait rien d'excessif, il était celui de toutes les mères, qui jouissent, qu'elles le veuillent ou non, de cet ascendant sur des mâles en gestation. De plus, n'étant pas leur mère biologique, il s'introduisait dans nos rapports une séduction différente, le vœu de nous plaire non obligatoire, non automatique, qui ajoutait du charme à nos affinités. Ils m'obéissaient parce qu'ils m'aimaient, pas parce que j'étais leur mère. Quand ils faisaient des bêtises, ils me les avouaient aussitôt, parce que j'étais leur amie, leur complice, pas une puissance au-dessus d'eux, qui se serait chagrinée de leurs défauts. Bref j'ai côtoyé deux petits hommes qui cherchaient à ne pas me décevoir et à me garder, comme s'ils pressentaient que leur place auprès de moi devait me combler au point de me faire oublier mon propre corps, ma libido, mon talent et ma curiosité pour d'autres hommes.

Ces quelques années d'intense bonheur exclusif sont restées les plus belles pour eux comme pour moi. L'amour nous absorbait et nous guidait. Un amour limpide et chaud qui occupait toute notre intimité, dans la pudeur et la simplicité. À la mer, ils ne faisaient aucun cas de ma nudité, et se baignaient sans maillot sur mon exemple. Je n'ai pas remarqué de regard de travers, ils me touchaient les seins parce qu'ils me trouvaient appétissante et pour se moquer de mes coups de soleil. Ils étaient persuadés que mes bras, mes jambes, mon ventre n'avaient pas d'autre usage que d'être là pour eux, pour accomplir la tâche que je m'étais fixée.

Du coup, je trouvais ma joie et ma féminité dans cet exercice. Rien ne me manquait.

Le jour où j'ai remarqué qu'un homme me désirait, j'ai su que ma fonction auprès des enfants était accomplie et qu'une page tournait.

16.

Cet homme désirait l'actrice avant de désirer la femme. Fervent adorateur de Godard, il vénérait les actrices qui avaient tourné avec lui. Il était jeune producteur, fougueux et brillant. Il prétendait secouer la léthargie du cinéma français post-Nouvelle Vague, et il le fit. Il créa un style et une méthode qui furent copiés. Il s'appelait Jean-Pierre Rassam, un surdoué qui ne pouvait pas avoir une vie longue. Il nous a quittés dans un tourbillon, laissant des souvenirs inoubliables à tous ceux qui l'ont connu.

Il préparait *Nous ne vieillirons pas ensemble*, le film de Pialat, dans lequel le rôle de la femme de Jean Yanne n'avait pas été distribué. En vérité, Maurice Pialat souhaitait le faire jouer à sa propre femme, inconnue et non professionnelle. Un bras de fer s'instaura entre les deux hommes, pour leur plus grand plaisir. Les raisons de chacun n'étaient ni artistiques ni commerciales, elles avaient le goût du poker et du bluff. Rassam s'entêta. Pialat piaffait, le tournage avait commencé, il fallait prendre une décision. On m'avait dénichée en Italie, on m'avait fait venir, on m'avait décoloré les cheveux platine, presque blancs, en opposition à la rousse Marlène Jobert et pour me vieillir un peu. Je ressemblais à une Suédoise de haut rang, je ne devais certainement pas correspondre aux vœux de Pialat.

Je commençai à tourner sans avoir signé de contrat, dans une ambiance désolante qui ne présageait rien de bon. Pialat était célèbre pour ses coups de tête, je serais peut-être éjectée de ce film, malgré l'assurance de Rassam, que la situation enchantait. Pialat tournait pour la première fois avec des stars, il voulait garder le contrôle de son film en maintenant son style de tournage libre et personnel.

J'ai fait les frais de son obstination, j'étais l'intruse, l'imposée, la non voulue, la non conforme. Je fichais son film par terre, moi la petite actrice de la Nouvelle Vague disparue depuis six ans. Les stars qui avaient permis de trouver un financement important et d'aller au Festival de Cannes ne pouvaient être mises en cause. Il se vengea en coupant presque toutes mes apparitions au montage. Je ne lui en veux pas, car je pense qu'il avait raison : je ne convenais pas à ce rôle. J'étais une lubie du producteur, et une copine de l'acteur principal. J'ai servi de pion pour une conquête de terrain, pour un jeu de pouvoir que certains hommes adorent. Je viens comme un cheveu sur la soupe dans les quelques scènes qui me restent, j'ai l'air d'une petite amie et pas d'une épouse, bien qu'il m'ait fait écosser des haricots verts dans une cuisine de HLM. Je ne garde pas le souvenir d'un film, mais d'une période palpitante auprès d'un garçon hors du commun qui m'entraîna dans les gouffres de son mal-être et de son ambition.

Son irruption dans mon univers de néo-mère concentrée sur la réussite de son emploi fut une bombe. Mes relations distendues avec mon mari empirèrent quand je lui annonçai qu'on me proposait un film en France, et que je l'avais accepté. Il me répondit : « Et les vacances des enfants ? » À ma stupéfaction, je m'entendis calmement rétorquer : « Pour une fois c'est toi qui t'en occuperas. » Froid. Menace. C'est le film ou le divorce. Je trouvai ce comportement écœurant. Soudain se dévoilait une machination, une tactique : les enfants servaient à me ligoter, à m'empêcher d'être moi-même. Je fus choquée et plus décidée que jamais à saisir l'occasion que me tendait la vie. Le cinéma a été un bon saint-bernard pour moi, à plusieurs reprises. Il a été, il est mon havre d'indépendance et un gagne-pain sans lequel on ne peut pas briguer la liberté. Je parlai aux enfants, ils n'étaient pas ravis de me voir partir, mais ils avaient beaucoup d'occupations, des copains, des pensées d'adolescents, et se fichaient bien de mes aspirations d'actrice, en français et dans un genre de film sentimental qu'ils n'auraient pas envie de voir. Je promis de revenir vite, et de leur rapporter les merveilleux fromages coulants que je leur avais fait découvrir.

J'étais logée au Plazza Athénée, une chambre plus loin que l'immense suite occupée par Rassam. Son grand appartement dans le 8e acheté avec les profits de *La Grande Bouffe* était en travaux depuis des mois. Je ne sais pas s'il l'a jamais habité. Jean-Pierre aimait la vie d'hôtel, et les possibilités que seul un palace procure. Dans son dérèglement élaboré, les jours et les nuits se ressemblaient et se succédaient, trépidants, fourmillants de visites, de repas à toute heure, de bains coulés et oubliés, de lits jamais faits ou jamais défaits, de téléphones sans fin, de messages urgents au milieu de la nuit, et de messagers louches porteurs d'enveloppes sans adresse. Pour animer ce va-et-vient, les pourboires coulaient à flots, des liasses inquiétantes jaillissaient des poches comme d'inoffensifs mouchoirs en papier. Cet usage de l'argent m'était inconnu. J'avais vu Fafi dépenser de grosses sommes, sans ostentation. Ici on ridiculisait les billets, et ceux qui n'en usaient pas avec panache. Les problèmes d'argent n'existaient pas, ils étaient l'apanage des petits, des rien-du-tout, des esclaves. J'étais au spectacle. Nous étions au spectacle, car mon sexe a cette fois fait partie du voyage. Nous avons vite compris que nous ne ferions pas long feu dans ce charivari. Il a eu de bons moments, de l'ordre de l'expédition anthropologique plus que de l'érotisme. Nous étions confrontés à un énergumène qu'il convenait d'observer et de suivre, sans espérer d'échange. L'amour était pour ce futuriste une notion de nains. La question de l'être ou du non-être avait une autre vigueur, et les comportements amoureux, selon lui, se repaissent de la médiocrité et de la peur humaines. Il crut que j'étais de ces femmes à toute épreuve qui font fi de la courtoisie, des hommages, de la tendresse au profit de l'intelligence et de la parité. Il avait entendu les revendications féministes de 68, le gredin, et il appliquait. Plus honnêtement, à ses yeux le rapport de force entre les êtres l'emportait sur les manières traditionnelles inventées pour enfumer les réalités et masquer les vérités. Il était brusque, goujat, insolent et perçant. Il balançait ses opinions à la tête des gens sans se soucier de les blesser. Personne ne fait cela sans détour, de bon cœur. Il était détonant, vrai comme une lame acérée. Il exerçait le laser de sa pensée sur tous, certains riaient, d'autres repartaient en larmes, d'autres encore le menaçaient, des rixes désordonnées explosaient à tout moment. Il n'avait que des ennemis, mais tout le monde l'admirait. Il avait quelques vrais admirateurs, dont j'étais. Des fidèles, épuisés derrière son remuement constant, défiant leur propre santé pour le seconder, pour le surveiller, comme si la catastrophe était sans cesse imminente.

Il me demanda en mariage. Je lui rappelai que j'étais mariée. Il dit que ça n'avait aucune importance. Je crois qu'il a voulu épouser toutes les femmes qu'il a hissées jusqu'à lui, en avouant qu'il ne comprenait rien au mariage. Rien n'était assez pour lui, rien ne l'apaisait, ses démons, ou son génie, l'entraînaient ailleurs, dans une sphère fréquentée par lui seul, en compagnie peut-être des schizophrènes et des syphilitiques nerveux.

Comme tout enfant gâté, il cherchait à ce qu'on lui résiste, qu'on le possède, qu'on le diminue. J'étais incapable de cette résistance, d'autres sauvageonnes y sont parvenues, sans lui donner le bonheur. Il a usé des paradis artificiels, qui n'arrivaient pas à bout de sa vitalité raspoutinienne, mais il a été rattrapé par les nuits sans sommeil et les jours sans soleil, derrière les rideaux fermés de ses chambres de luxe. On aurait dit qu'il voulait s'éreinter, tuer ce qui veillait en lui, cette flamme corrosive qui l'aveuglait malgré lui. Il savait les choses sans y avoir réfléchi, sans lire, sans écouter, une science innée d'extralucide ou de médium. Il faisait peur à cause de cela. Personne n'a réellement compris à quoi il tendait.

Les moments d'intimité avec un tel homme sont rares. Mon sexe n'était pas à la fête. Des discussions interminables, entrecoupées de coups de téléphone de l'étranger, de faims subites, d'œufs brouillés à quatre heures du matin, de vodka à boire cul sec et de déclarations ex abrupto. Cinéma permanent. Jeux de vérité. Tortures ordinaires. Je ne pouvais pas m'y soustraire, j'étais fascinée, stimulée par l'envie de réussir là où toutes les autres avaient échoué. Mais je n'étais pas très convaincue, les enfants me manquaient et mon sexe délaissé protestait. On n'avait pas fait tout ce chemin, pris des risques conjugaux, engagé notre réputation pour un si maigre traitement. Le commerce entre les sexes exige un minimum d'action. Je ne m'ennuyais pas mais la denrée principale dont tout amour se nourrit manquait à notre festin : le rêve d'avenir.

Je revins donc à mon port d'attache. Rome, les enfants, et ma nouvelle identité, qui se dégageait de ces mois de folie en contraste complet avec mon train-train de mère italienne. J'avais été excessive dans les deux sens. Trop mère poule d'un côté, trop show-biz de haut vol de l'autre. On négocia. J'aurais une baby-sitter, du temps pour moi, un compte en banque à mon nom et la liberté de tourner des films. En échange, j'assumais la vie familiale comme avant, je rompais avec ce Satan et ses sarabandes et je reprenais ma couleur de cheveux. Le deal résista une petite année. Mais quelque chose s'était brisé. Massimo avait une maîtresse, les enfants s'organisaient hors de moi, et le cinéma italien me considérait comme une étrangère, bien que je n'eusse aucun accent dans leur langue, au point de pouvoir jouer avec des intonations régionales. J'avais beau m'échiner, je n'avais pas une allure d'Italienne, je demeurerais une outsider. La nouvelle couche d'objectivité que j'avais acquise à l'écoute de Rassam me servit toute ma vie. Je ne me raconte pas de bobards. De même qu'il faut vivre avec le monde « qui nous est donné » (Michel Serres), il faut être lucide sur la place qu'on peut y occuper. Si petite soit-elle, elle est bonne et il faut s'y accrocher.

En ce jour où j'écris, je pense encore au-delà, j'ai la conviction qu'une place insuffisante est meilleure qu'une place de proue, car elle permet le développement, le devenir. Une situation très privilégiée oblige à un effort pour la conserver, accule à la peur de la perdre. De la force et du temps y sont consacrés, prélevés sur l'énergie créatrice. Je suis vivante parce que j'ai frôlé les grands succès sans les recevoir directement. Je les attends, j'œuvre avec espoir, demain sera mon jour. En amour, c'est un peu différent, il faut bien croire qu'on a rencontré le compagnon idéal pour continuer à l'aimer. L'irrationnel et la partialité s'en mêlent, mus par de mystérieux mécanismes où la sexualité est reine. Elle n'intervient pas dans le choix de mes entreprises professionnelles, mais la personne que je vends, l'actrice, l'écrivain et la citoyenne, est le reflet de son état. J'étais une femme dans le plein éclat de ses trente-cinq ans, j'avais envie d'en profiter, mais j'avais un fil à la patte qui rendait sans doute mon image moins nette que celle d'une actrice plus confiante en sa féminité procréatrice. Ma condition sous-jacente de non-mère transpirait à mon insu. Il me fallait redéfinir mon emploi, entre ce que j'étais et ce que j'aurais dû être.

J'ai mis vingt ans à y parvenir. En passant par des chemins buissonniers, quelquefois proche de la lumière, quelquefois perdue dans l'obscurité, comme le jeu de cache-cache, on brûle ou on gèle, à la recherche de soi-même.

Vingt ans d'errements et cependant de découvertes qui sont le corollaire du programme orageux d'un parcours hors piste.

17.

Je redoutais la colère de mon mari.

Avec la complicité des enfants, je cherchai provisoirement un petit meublé central, non loin de notre appartement Piazza Adriana. Je trouvai par miracle, grâce à une relation, un premier étage sombre près de la via Giulia, à deux pas de la place Campo dei Fiori où trône le Palazzo Farnese, notre Ambassade de France. À ses pieds le marché le plus coloré de la ville, et la meilleure boulangerie de Rome pour la « pizza bianca », croquante et chaude vers midi, à la fournée du matin. J'y déposais clandestinement mes affaires par petits paquets, de manière indolore et invisible. Quand vint le jour de mon départ, d'accord avec les garçons, je pris rendez-vous avec Massimo à son bureau, où la présence de témoins le retiendrait de se laisser aller à une violence que je n'excluais pas. Je lui proposai de réfléchir à une solution pour les enfants, sans hâte ni brutalité, je souhaitais notre divorce, mais je n'abandonnais évidemment pas mon rôle auprès d'eux. Dans mon innocence, j'étais persuadée, une fois les ressentiments tassés, que nous aurions vécu dans deux lieux mitoyens, moi avec les enfants, dont je ne cesserais de m'occuper, lui avec qui il voulait, puisqu'il avait repris sa vie de célibataire. J'avais compté sans son orgueil, qui primait sur le bon sens ou l'amour de ses fils. Il préféra nous séparer plutôt que de trouver un arrangement. Me faire souffrir et les faire souffrir. Il était le père, je n'avais aucun droit sur eux, il me les avait accordés temporairement, il me les enleva aussi rapidement qu'il me les avait confiés. En une nuit, pour moi la plus noire, il enleva littéralement ses enfants et les installa dans une maison de campagne non équipée que sa mère avait achetée dans le Nord, près de Forli, pour faire un placement destiné aux enfants.

Il déménagea tous les meubles, les miens compris, et bouscula les habitudes de ses garçons qui subirent un traumatisme dont ils lui tiennent encore rigueur. Il fallait les éloigner de moi, pour qu'ils m'oublient et que je disparaisse de leur cœur.

Quelques années de calvaire se profilaient pour eux et pour moi. En quinze jours, je dus arracher mes quatre dents de sagesse qui s'étaient enflammées. Rodolfo fit un recul spectaculaire à l'école, et Giordano, déjà replet, grossit de cinq kilos.

Je patientais, mon isolement était total, et de nouveau le cinéma fit office de sauveteur. On me proposa un film du célèbre cinéaste d'épouvante Dario Argento qui se tournait à Turin. Magnifique œuvre en noir et rouge intitulée *Profondo Rosso*, film culte pour les amateurs du genre. Je jouais une voyante allemande qui sentait la présence de l'assassin dans la salle, au cours d'une conférence sur les phénomènes de synchronicité. Le héros, un journaliste d'enquête, était interprété par David Hemmings. Le bel Anglais me tint dans ses bras pendant deux jours que dura le délicat tournage de ma mort, en raison des effets spéciaux. Un mannequin à mon effigie passait à ma place à travers une fenêtre, puis il me relevait dans un autre cadrage, ensanglantée par les tessons de vitre plantés dans mon cou. Entre les plans, je me promenais avec les morceaux de verre collés autour de mon cou et de ma poitrine par les astucieux décorateurs.

L'un d'eux surveillait l'harmonie entre les décors et les costumes de ce film entièrement tourné de nuit. Il s'appelait Felice, et portait bien son nom. Il avait un caractère joyeux et boute-en-train. Il chantait en travaillant, des arias intégraux de Puccini ou de Rossini dont il connaissait tout le répertoire. Il était toscan et s'en vantait. Les Médicis n'avaient-ils pas appris au monde l'art et les bonnes manières ? Il était plus jeune que moi, mais j'étais la seule à le savoir. Il enseignait la fonderie à l'Istituto d'Arte de Florence, équivalent de notre école des Beaux-Arts. Sa sœur, talentueuse costumière de théâtre et d'opéra, signait nos costumes. Les miens, en plissé chauve-souris de soie noire, firent sensation. La recherche artistique et visuelle de ce film contribua à son succès.

Une vive sympathie se créa d'emblée entre Felice et moi. Libre comme l'air, il justifiait sa recherche de solitude et sa liberté de mouvement par sa passion pour la chasse et la pêche. Pas d'horaires à qui part de nuit pour se poster dès l'aube à l'affût des canards ou des sarcelles. Pas de bavardages le long des rivières, alors que les poissons voient tout et entendent tout. Quant aux grives ou aux cailles virevoltant au ras des maïs coupés, elles savent lire et écrire, selon son expression. Le silence est de rigueur quand on se fond à la nature pour écouter les chants d'oiseaux, les frottements de cornes du chevreuil et les bruissements du sanglier invisible qui se faufile dans les fourrés.

Felice était un solitaire heureux, il connaissait les plantes et les champignons, ses mains noircies par les mûres ou la poudre de ses cartouches étaient éternellement griffées par les ronces et par son couteau aiguisé.

Il m'invita en Toscane pour un week-end. On mangeait dans des tavernes à l'arrière des magasins de « Caccia e Pesca » où une matrone préparait des plats paysans pour le petit déjeuner des chasseurs. Des daubes de canard aux haricots blancs, des omelettes aux cèpes et persil plat, des agneaux de lait rôtis dans la cheminée, accompagnés de longues tranches de pain noir arrosé d'huile d'olive nouvelle et de ragoûts de chou noir. Je n'ai jamais rien mangé d'aussi bon. Mon ex-mari gourmand m'avait fait connaître la cuisine bourgeoise, je découvrais la gastronomie campagnarde que je préfère de loin. Une autre Italie se révélait à moi, avec les fêtes du parti communiste, les soirées de chants de prisonniers et de résistants, les spaghettis pour une troupe de théâtre qui débarque à l'improviste et les randonnées dans les collines pour acheter de l'huile dans un pressoir ou des légumes dans une ferme.

Une bonhomie où je me suis sentie à l'aise immédiatement. J'avais trouvé mes frères. Mon sexe avait trouvé un copain, qui, faute de lui procurer de grandes émotions, savait me faire rire et ne pas l'accabler d'une trop pesante mission. Je me reposais des années sérieuses qui n'avaient hélas ! abouti à rien, sinon à mon chagrin de ne plus voir les enfants et à un doute permanent sur le sens de mon existence. Dans cette atmosphère compagnonne, on valorisait les nouveaux venus. L'avantage du provincialisme italien est qu'il conserve une ingénuité, une hospitalité sincère. L'étranger épate, tout ce qui vient d'ailleurs est digne d'intérêt et d'émerveillement. Je ne sais pas si l'Italie des années 2000 a gardé cette jovialité. On me dit que le goût de l'enrichissement a gagné toutes les couches de la société, portant atteinte à la légendaire solidarité. C'est dommage, mais je suis sûre que dans les villages, on mange toujours la « *ribollita* » et les tartes aux marrons et aux pignons.

Mes gencives débarrassées de mes dents de sagesse cicatrisaient, mon cœur vide et rendu à l'errance se posait pour reprendre des forces. Je léchais mes blessures en me plongeant dans un environnement jeune, équilibré et joyeux. Un clan, une famille, non pas génétique mais artistique et géographique. Je n'avais jamais connu cela. J'appris de nouvelles recettes de cuisine, des chansons toscanes et patriotiques, des manières d'assortir les couleurs et les vêtements. Je m'aperçus que j'avais vécu dans un classicisme pauvre et intolérant, je rompis des tabous de langage et de manières. Je me désembourgeoisai et ce fut définitif. Ces enfants de l'art touchaient la vérité qui remorque les avant-gardes, et sans laquelle elles n'auraient ni l'autorité ni la passion de changer les formes et les usages. Je participais à la révolution par un autre biais, après les années de la Nouvelle Vague et 68. Je portais des vêtements excentriques pour l'époque qui sont, vingt ans plus tard, entrés dans les mœurs : des tuniques vaporeuses sur un pantalon en cuir, des grands pulls en patchwork de maille et carrés de plastique, des cothurnes à hautes semelles et des nu-pieds d'argent lacés jusqu'au genou. Mes longs cheveux bouclés à la Botticelli et mes sourcils blondis me rajeunissaient et me libéraient. Les quelques amis de ma vie précédente que je revoyais, rares car d'un couple divorcé, la femme est celle qu'on élimine dans les relations sociales, n'en croyaient pas leurs yeux : j'étais une autre femme.

Mon escapade avec Rassam avait été le premier pétard de cette explosion, j'opérais une mue provoquée par les événements, et par un mûrissement intérieur qui agissait malgré moi. Je crois qu'il en est ainsi des parcours individuels comme des flux historiques. La Russie a secoué le joug d'un régime de terreur parce que les jeunes n'en voulaient plus, qu'ils l'ont rejeté naturellement en apprenant ce qui se passait dans les autres pays, et non parce que Gorbatchev a pris telle ou telle mesure, ou que les Américains sont allés les premiers sur la Lune. Le fruit était mûr, il est tombé, il était pourri. Les dernières années du communisme semblaient sereines et les défilés sur la place Rouge continuaient. Mais le corps du peuple russe disait non, se préparait au changement. En quelques mois, les chants religieux interdits revenaient à toutes les mémoires, des plats de Pâques ou de baptême se refaisaient, les vaisselles de vermeil et les tableaux du Tsar descendaient des greniers. Les sportives avaient soudain des allures de jeunes filles russes traditionnelles, avec leurs longues nattes, et les danseurs revendiquaient leurs origines tatares ou tchétchènes. Où étaient stockées auparavant ces richesses et ces diversités ? De la même manière, je m'interrogeais sur mes nouveaux goûts, sur les convictions que m'inspirait le sentiment d'un retour manifeste en moi, dans ma propre peau, le désir de recommencer une nouvelle vie sur des bases plus justes, plus près de ma vraie nature jusqu'alors délibérément ignorée, occultée. Un autre bonheur s'offrait.

Mon sexe m'accordait une trêve. Je ne me sentais plus traquée par ses exigences. Une trêve que j'appréciais, mais sans y croire vraiment. J'avais appris à mes dépens qu'il menait la danse, qu'il pouvait à tout moment reprendre le pouvoir et me précipiter dans des situations inconfortables.

Aujourd'hui, lui et moi sommes dans un autre rapport, nous avons gagné la partie. Mais pour expliquer ce résultat, je dois égrener les étapes qui m'ont conduite à celle que je suis maintenant. J'ai de la tendresse et de la commisération pour les souffrances que j'ai endurées. Je comprends, en les décrivant, qu'elles étaient inévitables, et que notre condition de siamois a été pour mon sexe et moi la cause de nos agissements. La cause intrinsèque de leur inéluctabilité et de leur bizarrerie. Je ne me méfiais pas de lui. Nous nous opposions en nous complétant. Nous nous soutenions, tels l'aveugle et le paralytique. Il cherchait, je réfléchissais. La tête et les jambes, la force centripète et la force centrifuge, le chaud et le froid, la nuit et le jour, la raison et le cœur. Binômes existentiels enclenchés depuis la nuit des temps. Pas de gagnant, pas de perdant. Un duel interne qui mène soit à la perte, soit au triomphe des deux puisque son tourment est le mien et que ma félicité passe par la sienne.

En attendant, il fallait gagner de quoi payer le loyer de Rome, la vie nomade du théâtre et du cinéma, et les billets d'avion pour Paris où j'espérais reprendre une place. Pas facile. Le manque de moyens n'est pas rédhibitoire, il ne peut empêcher le destin, mais il le ralentit, il le tire vers la lourdeur et la fatigue. Je n'avais personne à charge, mais je devais me remettre sur pied, me rétablir à la hauteur de mes capacités.

L'Italie ne s'est pas montrée généreuse. Peut-être n'a-t-elle pas l'envergure d'accueillir les talents différents, comme une bouteille de chianti ne peut contenir que du chianti. Tout autre vin tourne dans ces flacons-là, j'en ai fait l'expérience. Je pataugeais dans des films de deuxième catégorie, et l'espoir de rejoindre le cinéma que j'aimais s'éloignait de film en film. Mais je gagnais ma vie, c'était honorable et mes vieux principes marxistes se félicitaient de cette dignité.

Un épisode cocasse scella mon alliance avec Felice.

Dans le marasme des films qu'on me proposait, un coup de chance advint. Rainer Werner Fassbinder, mythique metteur en scène allemand, auteur sulfureux de la génération post-bande à Bader qui affichait son homosexualité, me proposa un rôle de muette dans son film *Roulette chinoise*.

Adorateur de Godard lui aussi, il réunissait Anna Karina et moi, présence française dans cette œuvre foncièrement germanique. Les cachets seraient minuscules, nous serions logés dans le château près d'Erfurt où tout le film se tournait, pas de défraiements et peu de règles syndicales, mais que ne ferait-on pas pour tourner avec un génie. J'admirais beaucoup cet homme, bien que son monde fût assez éloigné du mien. L'expérience méritait d'être vécue, et je m'envolai en seconde classe pour Munich, d'où l'on me conduirait sur le lieu de tournage. Un engagement de quatre semaines seulement, car le Maître est très rapide. On ne recommence pas les plans, les acteurs ont intérêt à être bons du premier coup. J'appris le langage des sourds-muets pour ce rôle, et je découvris avec stupeur que chaque langue a le sien. Je devais d'abord mémoriser mes répliques en allemand pour les reproduire avec les gestes ensuite. Le challenge me stimulait. Les acteurs sont touchants : si on leur demande de jouer un funambule, ils s'exercent à marcher sur un fil, un violoniste, ils apprennent à singer à la perfection le maniement de l'archet et du violon, un mousquetaire, ils voudront monter mieux qu'un cavalier expert. Ils y mettent un point d'honneur, aucun mouvement, fruit d'années de travail assidu, ne leur est impossible à imiter. Beaucoup refusent d'être doublés par des cascadeurs, et s'exposent à des risques inutiles. Tout pour le film, pour le rôle, pour la gloire. Certains arrivent à des résultats admirables, ils sont plus vrais que leurs modèles. Pour ma part, j'avais acquis une dextérité sensationnelle, et je gesticulais des mains avec vivacité comme si j'étais réellement sourde-muette.

La grande baraque austère où nous séjournions était bâtie à l'orée d'une forêt protégée dans un Parc national réputé où j'allais prendre l'air de temps en temps pour échapper au huis clos de ce tournage peu banal. Les cerfs et les lapins y circulaient librement, de sévères sanctions s'abattaient sur les braconniers d'ailleurs inexistants. La fibre Verte est très forte chez les Allemands, les petites maisons en bois pour les oiseaux dans les arbres, et les huttes avec des mangeoires toujours garnies pour les chevreuils pullulaient. Un ruisseau aux berges tondues comme un green de golf regorgeait de truites sauvages et de carpes géantes.

Je racontais tout cela à Felice au téléphone en lui mettant l'eau à la bouche. On riait de ce rapport domestiqué à la nature et de la religiosité qui l'entourait.

Je me sentais seule au milieu d'une troupe peu souriante, parlant une langue que je ne maîtrisais pas, et je m'isolais souvent à l'étage dans ma grande chambre sans salle de bains. Felice et nos rigolades me manquaient.

Nous tournions souvent de nuit dans les salles de réception du bas et nous prenions nos repas dans la « *stube* », large cuisine en soupente voûtée, typique de l'architecture bavaroise. La tambouille était assurée par Armin, boucher de sa profession et compagnon de Fassbinder. Ignobles saucisses et charcuterie emmaillotée dans des membranes de plastique, sauce industrielle en bidon sur toutes les viandes et immuables « *kartoffeln* » bouillies. Bière et pain compact. Je commençais à déprimer sérieusement. D'autant plus qu'un malaise flottait autour de cette équipe.

Le film raconte l'histoire d'un couple adultère qui se retrouve par hasard dans le même château que le mari et la femme trompés, piège tendu par leur blonde et perverse petite fille handicapée et sa gouvernante (moi) muette mais pas sourde et pour le moins intrigante. Ils décident d'affronter la situation et de passer le week-end ensemble. Ambiance tendue. Ils jouent à un jeu de société appelé « Roulette chinoise », sorte de cruel jeu de la vérité que Fassbinder aimait qu'on joue entre nous le soir après les prises de vues. J'y assistais sans comprendre, la finesse des attaques verbales m'échappait, mais chaque fois, un de nous sortait en pleurant ou se repliait sur lui-même pendant des jours. On devait s'amuser à balancer des vérités difficiles à la victime du round. Mon statut de muette me protégeait de l'implication, mais Anna parlait correctement l'allemand avec son accent danois et ne fut pas épargnée. La torture domestique semblait les ravir, et après tout on était dans le bain, c'était le sujet du film. J'ai remarqué que les participants d'un film ou d'une pièce subissent l'influence de la thématique débattue par l'auteur. Les amours naissent ou se défont au gré de l'œuvre qu'on élabore ensemble, à l'instar des personnages de fiction.

Pas de danger pour moi : j'étais auréolée de mon rôle de vieille fille muette, j'étais hors jeu. Mon silence me donnait le loisir d'observer. Il s'en passait des choses dans cette demeure. La nuit, j'entendais des cris à l'étage au-dessus et des martèlements de bottes dévalant l'escalier. Armin, avec qui j'étais devenue très copine, m'avait montré une boîte précieuse contenant des phallus d'ivoire de toutes les tailles, cachée dans une armoire dans l'appartement de Fassbinder. Il voulait me prouver l'érotisme rigide de son partenaire. Un jour, à l'aube, à l'heure où blanchit la campagne, j'avais surpris par ma fenêtre ce catholique convaincu filant tête basse à l'église du village pour l'office du matin, la conscience alourdie par les bacchanales nocturnes. Il était beau gosse, ne parlait que le patois bavarois, et avait joué dans plusieurs films de Rainer. Il vouait à son maître un amour véritable. Armin se suicida quelques années plus tard. On le retrouva dans sa mansarde, étendu nu sur le lit, recouvert de toutes les lettres que le cinéaste lui avait envoyées.

Des disputes éclataient fréquemment entre Rainer et lui. Armin partait en claquant la porte et disparaissait pour deux jours. Nous étions réduits à nous nourrir de sandwichs que nous nous fabriquions nous-mêmes en puisant dans les réserves de la grande glacière. N'y tenant plus, je suppliai Felice de venir passer quelques jours avec moi. Il fit le trajet en voiture, pleine à ras bords de provisions. Je l'accueillis avec enthousiasme et lui décrivis l'atmosphère tumultueuse qui régnait dans cette compagnie. Habitué aux divas et à leurs caprices, il était indulgent et moins surpris que moi. Je le présentai à tous, sa dégaine de Huckleberry Finn plut à Fassbinder. Il me cuisinait des spaghettis dans un coin de la stube, les bonnes odeurs de basilic et de piment frais revenus dans notre huile d'olive éveillaient les curiosités. Nous promîmes de faire une pasta-party un prochain soir.

J'essaye de me souvenir du comportement de mon sexe pendant cette période. Une immense tendresse me liait à Felice, j'adorais dormir blottie contre lui, et fourrager dans sa barbe d'homme des bois. Tous mes préjugés contre les barbes et les barbus sont tombés. Un visage barbu est soyeux comme la nuque d'un chat. J'y enfouissais mon nez avec bonheur, je m'y abritais comme un petit animal. Notre vie sexuelle était dans le prolongement de cette chaleur, c'était doux et sans histoire, on n'en faisait pas un plat. Cette légèreté me convenait parfaitement, elle s'apparentait à l'affection que j'aurais ressentie pour le frère que je n'ai pas eu. Cette forme d'intimité est largement satisfaisante. On se retrouve sur les sentiments, sur l'organisation matérielle de la vie, sur le présent. Nous nous entendions à merveille, et je peux déclarer que de tous les hommes que j'ai connus, Felice m'a fait connaître le bonheur le plus accessible, le plus concret. J'ai passé près de lui des heures exquises qui sont restées pour moi l'étalon de l'harmonie entre deux personnes. Ses multiples talents, son habileté manuelle et son caractère bienveillant y contribuaient. J'oubliais mes chagrins, ma précarité, mes incertitudes. Que me manquait-il, me direz-vous ? Rien, il ne manquait rien, sinon quelque chose que je poursuis à l'aveuglette, et qui me pousse de rive en rive, sans pitié. Quelque chose qui vaut plus que moi-même. Qui me tire ailleurs. Qui m'empêche d'être bonne, d'être modeste, d'être fidèle. Je voudrais bien être une femme gentille, stable et enracinée, et au lieu de cela je suis un météore qu'on ne peut arrêter et dont on ignore la trajectoire. J'en ai souffert. Je me suis haïe plus d'une fois.

Il arrivait qu'on nous demande de vider notre chambre pour y tourner une scène. Un soir ce fut mon tour. Nous devions travailler jusqu'à deux heures du matin. Felice me rassura, il avait à faire. Il se dirigea vers la forêt à la tombée de la nuit, l'air mystérieux. Il avait déjà sillonné la campagne et les bois avoisinants les jours passés, il était revenu avec des truites attrapées à la main et qu'il cachait dans son blouson. Les techniciens avaient admiré les bestioles en poussant des gloussements : « Verboten ! Verboten !... » mais s'étaient régalés quand nous les avions préparées.

Vers minuit, j'entends la voix de Felice par la fenêtre :

– Est-ce que tu peux descendre une minute, j'ai besoin d'aide.

Il m'entraîna derrière la maison, dans l'ombre : sur le sol gisait une magnifique biche morte. Il l'avait prise au collet et l'avait achevée à coups de gourdin car elle avait deux pattes cassées. En se débattant, elle avait dû se cogner contre des arbres et se blesser. Que faire ? Il fallait le dire aux autres. Je vois encore la scène. Felice entrant dans le hall, la biche sur le dos, les Allemands en double haie qui le regardaient passer en s'exclamant et en soupirant. Puis Armin entreprit de dépecer la pauvre bête, accrochée par les pieds à la patère de la porte. D'un coup de couteau, il lui ouvrit le ventre et les entrailles se déversèrent sur le sol. Je détournai les yeux, mais les autres contemplaient avidement le carnage, nullement effarouchés par la vue du sang qui coulait jusqu'au salon. Maintenant il restait à découper la carcasse, cacher les déchets compromettants et congeler les morceaux en innocentes pièces de viande. On avait interrompu le tournage plus d'une heure, on aurait du dépassement ce soir. Le sympathique Italien avait occupé le devant de la scène, il était temps de retourner au travail. Mais l'image de cet animal éventré ne me quittait pas. Et le spectacle de la curiosité morbide de mes collègues.

Le lendemain, le *Bürgermeister* (maire) du village se présenta. « On » avait trouvé des pieds suspects dans la poubelle, ayant pu appartenir à un cervidé. « On » savait qu'il y avait un Italien dans nos murs, une enquête serait engagée à moins que l'étranger ait quelque chose à déclarer... Personne ne riait plus. Felice fit rapidement ses bagages et repartit dans ma Renault verte immatriculée à Rome. Il emporta dans la valise frigorifique qui avait hébergé l'huile, le pecorino et le Parmesan à l'aller, quelques morceaux de sa biche que nous mangeâmes plus tard avec des amis, à Florence, en nous étranglant de rire à l'évocation de toute cette histoire.

Mon amour-amitié pour Felice colmatait mon présent d'instants authentiques que je n'aurais jamais goûtés sans cette époque de transition, mon passage entre chrysalide et papillon.

De retour en Italie je travaillai dur, je jouais en italien, je menais la vie cahotante et harassante des tournées de théâtre, un jour dans chaque ville, des kilomètres en train ou en voiture qui m'ont permis, au moins, de goûter les produits régionaux, de découvrir les petites églises abandonnées et les céramiques multicolores.

J'ai butiné à travers la Péninsule, j'ai engrangé des trésors dont je ferai ensuite mes livres de cuisine, mais je pelais de froid en hiver dans les méchantes petites chambres d'hôtel, ou je suffoquais dans les théâtres délabrés et non climatisés. La pauvreté était partout, surtout dans le Sud, où le développement était presque snobé, puisqu'il vient des largesses du Nord, et de la méprisante charité gouvernementale. J'ai vu les Fiat 600 pleines à craquer de quatre ouvriers ramassés l'un après l'autre au petit matin sur le chemin des usines, j'ai vu les ambulants dormir dans leurs camions pour être les premiers sur les marchés, j'ai vu les boulangers ouvrir les arrière-boutiques à 5 heures du matin pour les travailleurs, puis refermer jusqu'à l'heure syndicale d'ouverture. La légende de l'Italie paresseuse m'a toujours exaspérée. Je partageais leur rythme de travail fatigant et peu rémunéré, j'en épousais la peine et les revendications. Ceux qui n'ont pas été prolétaires doivent se taire. J'admirais Felice qui échappait à l'esclavage par son lien viscéral avec la nature, et j'échafaudais des rêves et des techniques pour trouver mon salut, mon échappatoire et mon avenir.

Bridée par le manque d'argent et par l'espoir de voir les enfants quelquefois, je m'enfonçais dans une confusion italienne dont j'entrevoyais l'impasse.

Trois ans passèrent avant que je sois en mesure de prendre la bonne décision, la seule qui me sortirait de ce palude : rentrer en France. Mais entre-temps, une aventure fulgurante me révéla une autre facette de la sexualité que je n'avais jamais imaginé explorer.

18.

Parmi mes tentatives pour briser l'étiquette dégradante d'« accorte actrice de comédie de série B » dans laquelle m'enfermait le cinéma italien, je caressais le projet de réaliser un film ambitieux et artistique, qui trancherait de la médiocre production générale et qui me positionnerait dans la sphère qui était la mienne, celle du cinéma d'auteur. J'avais mes idoles dont le génial poète et scénariste fétiche de Fellini : Tonino Guerra. Je l'avais connu par Moravia, dont j'ai tourné *L'Amour conjugal*, et notre amitié s'était renforcée quand il avait épousé Lora, une femme russe kidnappée à Moscou à la barbe du KGB. C'est un conteur de fables et un peintre figuratif qu'on pourrait ranger dans la famille des naïfs, ceux d'Haïti plus que ceux de Paris, dans sa manière de peindre les objets, les murs et des céramiques pour poêles à bois ou pour les fontaines de jardin. Il vit retiré dans un village perché des Marques, et on lui rend visite, on gravit la montagne pour rencontrer le gourou, le sage de la région.

Tous ont grimpé son chemin pavé non carrossable, de Scorsese à Antonioni, de Bertolucci à Anghelopoulos. Il publiait des recueils de récits, petits livres rares d'une maison d'édition sophistiquée. J'avais lu une histoire qui s'intitulait *Le Chien bleu*, je lui proposai d'en faire un film. Une histoire d'amour et de racisme située en Sicile, dans un village isolé à l'intérieur des terres, entre un barbier et un chien abandonné. Il fallait avant tout repérer les lieux, les paysages et les ambiances. Il me suggéra d'appeler un grand photographe de ses amis qui connaissait le Sud comme sa poche.

Fabio habitait à Capri, je l'appelai un matin. Une voix affable et un peu féminine me répondit. Justement il venait à Rome le soir même pour photographier une manifestation contre le terrorisme, je n'avais qu'à l'appeler, au numéro de l'hôtel du centre où il logerait.

Je n'y pensai plus, et vers 10 heures du soir, je tombai sur mes notes près du téléphone. J'appelai par acquit de conscience. Il me répondit d'une voix ensommeillée. De toute évidence je le réveillais. Confuse, j'étais prête à raccrocher, quand il me dit :

– Dans un quart d'heure, Piazza Navona, ça vous va ?

Prise au dépourvu, je bredouillai :

– Oui, ça va.

Je n'avais jamais eu de rendez-vous si tardif et si abrupt, avec un inconnu. Je me dis que c'était l'usage des journalistes pressés qui courent après le temps. En vérité, je n'ai guère réfléchi, j'étais poussée par une curiosité qui secouait mes habitudes et ma méfiance. Je me piquais d'affronter la réalité et de la filmer, rien ni personne ne devait me désarçonner.

Je pris mon cahier avec les croquis de mon découpage, j'accrochai sagement mes cheveux avec une barrette et je sortis en sandales par cette chaude soirée de juin.

Assis sur la margelle de la grande fontaine baroque de Borromini, il m'attendait. Je sus immédiatement que c'était lui. Jean et chemisette, Clarkes pas neuves et Leica en bandoulière, il avait le look neutre et passe-partout des grands reporters. Il n'était pas grand de taille, ses cheveux grisonnants ondulaient élégamment, divisés par une raie sur le côté. Il portait des lunettes cachant un peu ses yeux qui me détaillaient. Tonino Guerra m'avait dit : « Tu verras, il a l'air pédé, mais il ne l'est pas. » Il avait des manières recherchées et un ton légèrement précieux, inhabituels chez un Napolitain. Il parlait doucement, il fallait se rapprocher pour l'entendre.

Nous sommes restés une demi-heure sur la place où des enfants jouaient encore au ballon, je lui expliquais ma démarche, il m'écoutait sans m'interrompre, il souriait.

Soudain il mit sa main sur mon visage, caressa mes cheveux et dit :

– *Andiamo*. (Allons-y.)

Très naturellement, nous nous sommes levés, nous

avons pris le chemin de mon petit appartement à deux rues de là, nous avons traversé la Piazza Farnese encore illuminée, nous sommes entrés chez moi, je me suis déshabillée sans la moindre gêne, et nous avons fait l'amour toute la nuit, comme si nous nous connaissions depuis longtemps. Il me chuchota qu'il m'avait désirée dès mon premier coup de téléphone, qu'il n'avait pas douté que nous ferions l'amour, bien qu'il ne sache rien de moi, qu'il ne m'ait jamais vue au cinéma ni en photo. C'était une surprise pour lui aussi, l'évidence de notre rencontre s'était imposée dès le premier instant. Nous étions abasourdis, les dieux nous dirigeaient sans que nous puissions opposer de résistance. On appelle ça le coup de foudre, désormais reconnu et vérifié par les psychologues : on couche ensemble le soir même, mais l'amour ne dure que quatre ans. Dans notre cas, c'était un coup de foudre sexuel, il dura en effet quatre années tourmentées car il n'y avait pas d'amour.

Par la suite, j'ai mieux connu le tempérament de Fabio. C'était un homme à femmes, un amant méticuleux et inépuisable, passionné par le sexe. Il était légèrement bossu à cause des régates de voile, son sport favori depuis l'enfance, mais il avait une force musculaire exceptionnelle dans les jambes et les épaules, pour la même raison. Il avait révélé plusieurs femmes à elles-mêmes, et s'en vantait délicatement, en feignant l'étonnement. Sa fonction d'homme décapsuleur était une réelle aptitude. J'avais affaire à un spécialiste. Il nous est arrivé de faire l'amour huit jours d'affilée sans sortir de la chambre d'hôtel. Le plaisir marathon a des teintes différentes du plaisir habituel. Il tire du jusqu'au-boutisme une ivresse étrange, qui arrête le temps et abolit les barrières. J'étais constamment dans cet état-là, semi-conscient, captivant et parfois inquiétant. Mon corps était un champ d'expérimentation, d'éclosion et de vibration. Fabio faisait un sort à chaque centimètre carré de ma peau. Je répondais par des réactions changeantes et par des caresses parallèles. Puis, comme dans une symphonie, après l'andante, nous nous surprenions à tour de rôle par des mouvements plus puissants, des coups de cymbales et des fortissimo. Les styles de pénétration variaient, tantôt en butoir, en coup de théâtre, tantôt en douceur, en aboutissement de l'attente patiente, comme une délivrance. La créativité était permanente, sans que nous cherchions à nous épater. La recherche de la multitude des plaisirs guidait seule nos gestes, les pauses et les rebondissements. Un univers clos nous séparait du monde et nous enfermait hors du temps. Des images inhabituelles de nous-mêmes se succédaient, avec des sons, des cris, des odeurs issus de nos êtres profonds. Je m'embarquais pour ces voyages au tréfonds de ma sexualité avec l'avidité d'Alice au Pays des Merveilles. J'aurais voulu retenir chaque émotion, mais mes expéditions à la limite du conscient altéraient ma compréhension des faits et la mémoire que j'en gardais. Je peux mieux en parler aujourd'hui. Nos sens peu développés rendent mal compte des contrées obscures de l'esprit où ces raids sexuels osent nous mener. On monte vers le ciel puis on retombe, froids comme des étoiles mortes qui gardent leur secret.

Rien n'était interdit, dans le périmètre de nos deux corps, à condition qu'aucun de nous ne flanche, comme à la boxe. Je me réveillais de nos longues séances amoureuses groggy, fiévreuse, à côté de moi-même, dédoublée. Les critères de la vie extérieure perdaient leur urgence. Je devais me faire violence pour respecter mes engagements de travail, ma relation au réel s'estompait, secondaire et floue. L'amour physique me remplissait au point que rien d'autre ne me manquait. Le sexe occupait mes pensées, mes projets. Je m'y préparais méthodiquement, toute autre activité était rapidement liquidée, en l'attente de celles, vitales, qui avaient trait à l'érotisme et à l'amour.

Le choix des lieux, des vêtements, des conversations, des amis complices, des voyages, des fâcheries et des réconciliations, tout conduisait au sexe. Il était marié, mais vivait séparé de sa femme. Moi je cachais notre relation à mon cher Felice, qui ne méritait pas cette offense et n'y aurait rien compris. Pas plus que moi.

J'ai vécu cette période téléguidée par mon sexe qui n'en revenait pas lui-même de ce qui nous arrivait. J'avais de brèves reprises de conscience, j'ai rompu dix fois avec cet homme possessif qui m'entraînait dans les spirales de la dépendance, mais je replongeais immanquablement dès qu'il posait sa main sur moi.

Je ne regrette nullement cette histoire aliénante car elle m'a enrichie. Mon sexe m'a signifié qu'il n'était pas le petit bourgeois empêcheur de tourner en rond auquel je voulais l'assimiler. Il était capable de ne pas reculer devant des pratiques audacieuses, pour mieux se connaître et pour relever un défi de taille : y a-t-il une vie dans le sexe, ou bien la petite mort dénoncée est-elle fatale ? Je puis répondre à présent : oui, il y a une vie dans le sexe. Je fais sourire ceux qui le savent depuis longtemps, mais que l'on excuse ma candeur, je fais ce que je peux. On ne peut pas aller plus vite que la musique quand on se sert de l'honnêteté comme instrument de connaissance. En ce sens, je suis une scientifique, je ne crois que ce qui se vérifie sous mes yeux. Depuis cette liaison houleuse et charnelle, je ne suis plus la même personne. J'accorde à ma sexualité un réel pouvoir de vérité, qui me met sur la corde et m'oblige à ne pas me contenter de la séduction facile. La connaissance de soi est un travail et une souffrance. Le sexe est un lieu où les âmes sont à nu, où les manques se dévoilent, où le caractère s'exprime. Pas la figure extérieure que nous nous forgeons pour lutter socialement, mais l'être intime perclus de faiblesses que nous noyons sous les alibis et les circonstances atténuantes. Avoir le courage de se consacrer à une forte liaison sexuelle accroît le courage tout court. On se renforce, on résiste à la banalité et au confort. Rien dans la vie officielle n'est prévu pour le temps de l'amour. Rien n'encourage ce temps, relégué pour beaucoup à un luxe d'après-repas ou à un complément des siestes estivales. Or, l'amour demande du temps, bien plus que celui qu'on vole au travail et à la vie de famille. Le sexe est un poste d'observation choisi, si on s'interroge sur les vastes inconnues de la vie humaine.

Les mois d'isolement passés avec Fabio m'ont obligée, une fois pour toutes, à ne pas me reposer sur des avantages, à prendre des risques, à m'aventurer loin et fort, à trouver en moi-même le feu de l'amour. Se poser toutes les questions et ne s'en poser aucune, s'offrir et se préserver. Croire en sa propre énergie, et donc en son existence.

À travers ce cheminement, cet enchaînement pour rejoindre les sphères supérieures de la jouissance, comme un haltérophile ajoute des grammes à chaque tentative de record, j'ai acquis la certitude d'être une femme, d'être l'auteur de ma vie, unique et sans copie. Le désir que je provoquais et celui qui m'embrasait m'adoubaient. Je n'étais pas une branche morte, une vaine excentricité de la nature, un ventre inutile. Je vivais. Les gestes, les humeurs et les mots qui émanaient de moi m'inscrivaient parmi les vivants. Pour la première fois, j'étais UNE. Par le sexe, j'avais atteint l'immanence.

La vie quotidienne s'accorde mal aux jeux et aux enjeux de l'amour. J'étais active, pleinement occupée par la conduite de cette liaison, mais rien n'avançait dans ma carrière, ni dans mes finances. Fabio n'était pas riche, il attendait un héritage hypothétique, et de toute façon nous ne faisions aucun plan d'avenir, nos désaccords multiples nous vissaient au présent, et à rien d'autre. Notre attirance physique suffisait bien à nous attacher. Il militait auprès de Berlinguer, il travaillait à plusieurs albums en même temps, je l'accompagnais quelquefois pendant ses reportages, mais je sentais que je le dérangeais, je n'avais pas ma place dans l'organisation de son temps de photographe. C'est un métier de solitaire, surtout l'école des photographes à la sauvette et du photo-journalisme. Il n'était pas plus à l'aise sur un plateau de cinéma ou de théâtre quand il m'y accompagnait. Il était ombrageux et ne tolérait pas ma familiarité avec mes camarades, comédiens ou techniciens. Des scènes absurdes explosaient à tout moment. Je finassais, je louvoyais, je mentais pour le calmer.

Nous parlions beaucoup, nous débattions, la dialectique allait bon train, sur le mode du Comité central et de l'autocritique. Nous théorisions à n'en plus finir. Mon italien s'affinait. Nous élaborions des concepts de vie audacieux, mais je me rendais à cette évidence : notre couple ne marchait que dans un lit.

De querelles à Rome en nuits blanches à Naples, de navigation à voile intensive en violentes disputes à terre, le tête-à-tête était épuisant. La jalousie le dévorait. Ses crises me faisaient peur. La réputation chaude des Latins n'est pas usurpée. Ils aiment le conflit, les larmes et les corps-à-corps. L'issue était toujours la même : nous faisions l'amour. La volupté, la sensualité recouvrait nos batailles de cendres apaisantes. Le sexe victorieux donnait tort à nos chamailleries, jusqu'aux prochaines. J'étais exténuée. Je rêvais de solitude et de tranquillité. Mon sexe en vedette s'enferrait, mais adorait son piège. Il considérait, comme certaines femmes battues, que l'amour vache est préférable à pas d'amour. Un homme qui aime une femme jusqu'à la détruire vaut mieux qu'un tiède qui s'en fout. Je m'affaiblissais de jour en jour, j'arrivais sur les tournages la mine défaite, j'étais comme droguée, j'attendais le coup de téléphone auquel ma vie était accrochée, impuissante et dépendante.

Je ne savais plus où j'en étais. Devais-je obéir à cet ouragan qui m'entraînerait vers l'âge adulte ? La complexité de cette relation prouvait-elle sa validité ? J'assumais péniblement le poids de ma nouvelle condition, mais au moins on ne me prenait pas pour une femme-objet. Mon compagnon omniprésent ne me gâtait guère. Je portais mes valises, je me débrouillais seule pour trouver les taxis introuvables dans la cohue de Naples, je finançais mes déplacements, mes hôtels, et nous partagions les notes de restaurants. D'un certain côté, j'étais soulagée. La parité m'octroyait la liberté. Encombrante et trompeuse liberté. En faisais-je bon usage ? Interrogation lancinante et récurrente. La liberté me narguait tandis que mon sexe s'enfonçait dans la servitude. Jamais je n'avais été aussi distante de lui, soupçonneuse et alarmée. Nous n'étions pas heureux. L'idée du bonheur fade et sucré pâlissait confrontée aux paroxysmes sexuels qui se répétaient. Pourtant, dans la tourmante, c'est lui qui eut un sursaut de survie à la frontière de la catastrophe.

J'avais accepté un spectacle théâtral pour l'été qui se préparait à Naples. Une version du *Guépard* prévue par Lampedusa pour les théâtres en plein air de Sicile : Taormina, Tindari, Syracuse, Ségeste et Agrigente. Je jouais la comtesse, rôle de second plan dont je n'avais ni l'âge ni le physique. Je pensais faire cette tournée avec Fabio et en profiter pour chercher les lieux de mon projet de film. La paye était maigre, mais nous étions assurés d'être logés et nourris pendant deux mois. Fabio aimait la frugalité dans le travail, et le luxe dans sa vie privée. Nous espérions nous échapper entre deux représentations pour passer des nuits dans les vieux palaces de l'île, mais ce programme tentant se transforma en descente aux enfers.

Pendant la période des répétitions, nous habitions à l'hôtel car Fabio devait quitter son studio de Capri et cherchait à se loger à Naples où un nouveau contrat le liait au journal *Il Mattino*. Trouver un appartement à Naples, ou un local quelconque transformable en logement, est une mission impossible. Les familles subdivisent leurs *bassi*, habitations sans fenêtres des ruelles malfamées, pour que les jeunes puissent se marier. On vit entassé dans deux pièces, les vieux dorment dans les cuisines sur des lits pliants ou des matelas à même le sol.. Solidaires du peuple et cultivant l'*Arte Povera*, les artistes et les intellectuels habitent les vieilles maisons qu'ils retapent intérieurement. Une bourgeoisie clinquante et opulente occupe les beaux quartiers, barricadée derrière des grilles, des alarmes et des chiens molosses. Un jeu antique entre riches et pauvres, entre arrogance et délinquance se poursuit depuis des siècles, de plus en plus cruel au fur et à mesure que la Camorra (mafia locale) se modernise. On voyait dans le port de plaisance, au cœur de la baie légendaire, leur flotte de vedettes bleues couleur de nuit, sans immatriculations ni pavillons, prête à bondir au large vers les bateaux étrangers attendus, pour répandre dans la ville les cigarettes de contrebande et les drogues du commerce clandestin.

La police maritime, équipée des mêmes puissants chris-craft, n'arrivait pas à les localiser ni à les suivre. Les mafieux, habiles marins, lançaient simultanément plusieurs hors-bord dans la nuit, sans lumière ni radio, pour brouiller les pistes. Un seul d'entre eux arrivait au but, chargeait le butin, puis se dirigeait dans l'obscurité vers une plage plus lointaine où des relais ramassaient les balles rapidement déchargées. Une technique imparable rarement débusquée.

Dans ce petit ballet, les malfaiteurs gagnaient toujours. Fabio avait réussi, en échange d'une faveur auprès d'un cousin avocat, à s'embarquer avec l'un d'eux. Il avait fait des photos qu'il avait juré de ne jamais publier. Il le fit pourtant, au risque de sa vie, dans un livre sur le travail. La mafia ne chôme pas, ils avaient leur place dans cet ouvrage. J'étais fascinée mais effrayée.

On m'avait briefée sur les normales mesures de précaution que tout Napolitain applique : ne jamais porter un sac autrement qu'en bandoulière, enlever les étiquettes de marque aux manteaux et aux vestes, ne porter ni fourrure, ni bijou, ni montre de valeur, et garder l'argent sur soi, dans une pochette à part, près du corps. On vit en regardant par-dessus son épaule, en épiant les visages, les silhouettes, les bruits. Un exercice qui aiguise le sens de l'observation.

Fabio avait l'avantage sur les photographes non napolitains pour capter l'actualité. Pour mieux se mouvoir, on se déguise en pauvre. Voiture exclue sans garage, scooters usés, à la carrosserie défoncée, confiés à des « *posteggiatori* » qui se substituent aux parcmètres fracassés. Une bataille permanente pour chaque action urbaine, sans parler des queues dans les bureaux de poste et les banques qui ferment à une heure. Je suis aguerrie à l'insécurité urbaine pour toujours. Certains sont grisés, je connais des écrivains et des journalistes français qui raffolent de l'esthétisme du démerdage et de la filouterie qui règnent à Naples. Ma naïveté et les privilèges dont j'avais bénéficié jusque-là ne me permettaient pas d'en jouir. Avec mes airs d'étrangère, j'étais une victime désignée. Je serrais mon sac contre ma poitrine et redoutais de voir s'envoler mes faibles émoluments si rudement gagnés. On m'avait déjà déchiqueté au cutter une valise dans une gare et barboté tous les enjoliveurs de ma petite Renault.

La beauté baroque de cette ville se cachait derrière le voile de ma perplexité, reflet probable du malaise intérieur qui me taraudait.

Des douleurs abdominales m'avaient saisie, cinglantes. Un médecin me conseilla une purge. Je suivais les répétitions, un pull noué sur le ventre, pliée en deux par des crampes de plus en plus fréquentes. Un soir, à bout, je demandai qu'on me libère plus tôt et j'allai me coucher dans ma chambre d'hôtel. Les calmants m'étourdissaient. De vertige en vertige je perdis soudain connaissance. Je me réveillai vingt-quatre heures plus tard dans une chambrée d'hôpital, entubée de tous les côtés. J'attendis longtemps qu'une infirmière s'approche. Elle ne pouvait rien me dire. On m'avait opérée d'urgence dans la nuit.

Mon pauvre Fabio m'avait trouvée évanouie dans mon lit, baignant dans le sang. Mon pouls était au plus bas. J'allais mourir. Un ami chirurgien envoya une ambulance. Il m'opéra à chaud d'une grossesse extra-utérine que personne n'avait diagnostiquée. Au cours de la délicate intervention, il sortit du bloc pour demander à Fabio :

– Qu'est-ce qu'on fait ? On lui enlève les ovaires ? Ils ne sont pas en bon état...

– ...

– Tu connais sa famille ? On peut appeler quelqu'un ?

Ainsi ces deux hommes charitables mais embarrassés décidèrent qu'on me laisserait un ovaire et qu'on rafistolerait au mieux les satanées trompes où s'était malencontreusement logé l'embryon.

Fallait-il que je coule au fond du gouffre pour me secouer ? Le signal avait été violent. Je restai à peine deux jours à l'hôpital. Le chirurgien nous conseilla de prolonger ma convalescence ailleurs, le manque de personnel et la vétusté de l'établissement ne pouvaient pas assurer les soins élémentaires. Les familles assistaient elles-mêmes leurs malades, apportaient la nourriture, les médicaments, et se cachaient dans les toilettes avec la complicité des soignants hors des heures de visite et pendant la tournée des internes débordés.

Je souris aux lamentations des citoyens français sur notre médecine, il faut qu'ils aillent voir ce qui se passe à moins de mille kilomètres de chez nous.

Je me remis doucement, alitée dans ma chambre d'hôtel, nourrie par le room-service en regardant la télévision et en jouant au scrabble avec la femme de chambre. Ma convalescence fut écourtée par l'engagement théâtral auquel je ne pouvais me permettre de renoncer. Je souffrais le martyre des longues séances debout, et de la guêpière pourtant desserrée que mon costume exigeait. On répétait les après-midi sous le soleil ardent réverbéré par les pierres nues des théâtres grecs. Je cachais mon état pour qu'on ne me remplace pas.

Fabio me rejoignait quelquefois, excédé par mes horaires et mon peu de temps libre. Mon accident nous avait éloignés bien qu'il m'ait sauvé la vie. Nous étions dans une situation que nous n'avions pas souhaitée. Il disait pourtant : « Je suis le seul à t'avoir mise enceinte », avec une certaine fierté, une tendresse même, qui aurait pu ressembler à de l'amour. Les hommes sont pantois devant les phénomènes qui bouleversent le corps de la femme. Il se sentait responsable, et si cet enfant était né, il aurait peut-être été un père acceptable. Mais notre union se déroulait sous le signe de la négativité. Nous n'y pouvions rien. Nous nous étions rencontrés dans une période où nous allions mal tous les deux. C'était peut-être ce qui nous avait attirés l'un vers l'autre. Moins plus moins égale plus, dit l'algèbre. Nos ondes en se conjuguant produisaient des étincelles, comme un feu de brindilles monte haut, mais s'éteint promptement.

Quelques mois passèrent. Je tournai encore à Rome un film d'Alberto Bevilacqua, un écrivain paranoïaque qui savourait secrètement de nous laisser dans des conditions de mépris et d'abandon où sont les acteurs en Italie quelquefois. Je jouais en anglais pour des raisons commerciales, mais je savais que je serais doublée en italien et sans doute dans toutes les autres langues, comme mon partenaire Helmut Berger, au déclin de sa carrière depuis la mort de Visconti.

Il faisait froid dans le studio pouilleux voué à la démolition où nous tournions quinze heures par jour, j'étais plus fragile qu'un vase fêlé, je voyais mon visage se flétrir et mon expression se durcir.

Je ne sais pas comment j'ai trouvé la force d'enrayer la débâcle, un beau matin, en décidant brusquement de partir pour Paris, sans billet de retour.

19.

De nouveau, le cinéma vint à mon secours.

Claude Lelouch préparait *Les Uns et les Autres* et cherchait une actrice polyglotte pour interpréter la femme du chef d'orchestre inspiré par Herbert von Karajan, bien que le film fût muet. La musique devait être le fil conducteur et les images suffisamment explicites pour ne pas nécessiter de dialogues. La gageure était séduisante. Hélas, le bavard bâillonné ne résista pas au parti pris : à la troisième semaine de tournage nous commençâmes à parler. La qualité du film, un de ses meilleurs, réside pourtant dans les séquences d'action scandées par les phrases musicales, sans une parole : la fuite du danseur étoile russe à la douane d'un aéroport, le concert sur le toit de l'Arc de Triomphe, le retour des trains de déportés. L'inspiration généreuse de Lelouch avait l'occasion de foisonner. J'étais heureuse de ce retour dans le cinéma français. Je cherchais un appartement et la manière de me présenter après dix ans d'absence.

J'étais une femme de quarante ans, armée d'une forte stature sexuelle qui m'ôtait tout complexe, et d'un savoir italien dans plusieurs domaines. J'eus l'idée de les utiliser en recevant d'une manière originale avec des dîners de pâtes. Mon succès dépassa mes espérances. La variété et la simplicité de mes recettes faisaient fureur. On s'inscrivait d'avance à mes repas du dimanche soir, je notais les noms de mes invités et les plats que je leur avais servis afin de ne pas me répéter. Régulièrement, on m'appelait le lendemain pour que je confie ma recette. À cet usage, je rédigeais des fiches afin de gagner du temps au téléphone. Un jour je les comptai : j'en avais quatre-vingt-dix-neuf. Mon livre *Joyeuses Pâtes* était né. J'eus quelque difficulté à convaincre un éditeur, car je souhaitais que ce livre fût simple et bon marché. Autrement dit sans photos alléchantes de plats irréalisables ou de visions de rêve fantasmées par un décorateur. Je voulais vraiment entrer dans les maisons, devenir une compagne de plan de travail, amicale et utile. Mon livre était un portrait de moi, de mon art de vivre récolté au cours de mes vagabondages gastronomiques, et un message pour l'Italie qui m'avait maltraitée mais que j'aimais quand même. C'était surtout une manière de me réconforter : je n'avais pas perdu dix ans. Mon urgence à exister aux yeux des Français devait se percevoir à la façon dont j'ai défendu cet ouvrage bec et ongles à travers toutes les régions de France, surtout là où ce genre d'alimentation était aberrant. Quoi ? De l'huile d'olive crue ? Des sauces aux carottes ou aux poireaux ? Des crustacés à peine cuits mêlés aux spaghettis et du parmesan en guise de crème fraîche ?

Deux ans plus tard j'ai vu la mozzarella et le basilic fleurir dans tous les restaurants, et l'huile d'olive sur les tables comme je le préconisais. Mon livre a été vendu à cent mille exemplaires, comme un roman. Simultanément, toujours pour me faire aimer du public français et pour briser l'étiquette élitiste qui me collait à la peau depuis la Nouvelle Vague, j'acceptai de participer aux Grosses Têtes, l'émission de Philippe Bouvard sur RTL qui battait des records d'écoute. Certains m'en ont voulu, comme si c'était facile de tenir tête noblement à la bande de machos qui animait ces pugilats d'humour pas toujours très fin. Je m'y suis beaucoup amusée, et ma fidélité de vingt-cinq ans m'a valu celle de Bouvard, et en partie celle du public. Pendant des mois, il me présenta comme « La Reine des Nouilles », ce qui a certainement contribué au succès de mon livre.

J'avais écrit une lettre à mon ex-mari en le priant de la lire aux enfants. J'expliquais mon départ, mon chagrin de me heurter à tant de difficultés pour voir les garçons, et puisqu'il fallait pratiquement réclamer l'autorisation de visite par lettre recommandée, et seulement pour les Fêtes ou pour les anniversaires, je préférais attendre qu'ils me sollicitent, je serais toujours présente pour eux, aussitôt qu'ils le voudraient.

Je communiquai mon adresse, aux bons soins de ma sœur aînée, tant que je n'avais pas trouvé de domicile, et j'envoyai une carte de la Tour Eiffel à Rodolfo qui me l'avait demandé. Je n'eus jamais de réponse, ni aucun signe de vie. La douleur était telle que je préférais ne pas y penser. Je me plongeai dans d'autres préoccupations. Il me fallait avant tout empêcher Fabio de venir à Paris, où il avait de nombreux amis. Je devais me reconstruire, trouver une bonne raison de vivre car la dépression me guettait. J'étais imperméable à toute rencontre avec un autre homme, j'en avais soupé du sexe dont je gardais une impression amère et pesante. Quant à la solitude, qui tenaille et obscurcit l'horizon, elle avait fait son entrée. Je me sentais vide, mais j'avais progressé. J'avais acquis la certitude que le sexe sans amour n'est pas vivable, et ceci ne dorait pas mon bilan. Le sexe à haute dose tel que je l'avais découvert avec Fabio m'avait habitée mais ne m'avait pas apaisée. Je m'y étais adonnée opiniâtrement, pour ne pas m'avouer sa vacuité. Je devais aller jusqu'au bout de cette fièvre mystérieuse et envoûtante dont je pressentais pourtant qu'elle ne conduisait nulle part. Dans le flux du hasard, j'avais été désignée pour cette confrontation, je devais l'honorer car elle m'informait sur moi-même. Nous sommes construits en partie par notre parcours sexuel, une personne naît des rencontres qu'elle fait. On s'accomplit à deux, les deux faces de la même médaille. La difficulté est bien là. Où est-il, l'homme qui me correspond, mon pendant, mon autre moi, mon soleil ? Que suis-je sans toi, ô mon aimé, mon homme, mon mec ? Celles qui l'ont trouvé ont de la chance, qu'elles le gardent avec soin. La plupart cherchent sans relâche, jusqu'à la fin.

Pour l'heure, ce n'était pas ma priorité. Je devais rebâtir ma maison, à partir de zéro. J'étais une naufragée qui n'avait plus rien. Ou qui avait tout bazardé pour flotter sur le dernier radeau. Les amis sont précieux, en de telles circonstances. Mon ami visiteur romain, témoin de ma vie de femme mariée, me prêta un appartement à Neuilly pour quelque temps. Puis un autre me sous-loua son joli duplex avec une terrasse en mansarde à Montmartre, une affectation à l'étranger l'éloignerait de Paris pendant deux ans. Je soufflais. Je pourrais inviter mes amis.

J'achetai promptement les casseroles et les passoires pour les pâtes, et je me lançai dans la jungle parisienne. Je coupai mes cheveux pour retrouver la tête qui m'avait fait connaître dix ans auparavant, mon casque court de toujours que je n'ai plus quitté, et petit à petit je revins à la surface.

Une magnifique série sur Colette en quatre épisodes, où je l'incarnais de vingt-cinq à soixante-quinze ans, avec des transformations impressionnantes pour les années de vieillesse, me remit en lumière. J'obtins des critiques flatteuses et, sans fausse modestie, Madame Colette m'allait comme un gant. Ce fut ma première approche de l'écriture. J'y pénétrai par elle, en entrant dans sa peau, en relisant toute son œuvre, en m'imprégnant de sa vie, en m'interrogeant sur le passage entre la réalité et la littérature. J'ai eu une véritable aventure avec Colette. Quoi de plus intime que d'être elle, de tâcher de lui ressembler, par l'idée plus que par les traits, qui est la vraie ressemblance. Nous eûmes la chance de tourner dans son appartement du Palais-Royal, avant qu'un promoteur ne le retape pour le vendre à prix d'or.

À l'aube, devant la fenêtre où elle avait écrit *L'Étoile Vesper*, avant de prêter mon visage aux longues heures de maquillage, je sentais sur mon cou son souffle de Bourguignonne croqueuse d'oignons crus et de radis au sel.

Une actrice qui avait joué Gigi de son vivant m'avait raconté leur rencontre dans cette chambre : l'honorable académicienne Goncourt avait tenté de lui rouler une pelle parfumée à l'haleine célèbre.

Glanant probablement des sensations pour un chapitre de roman ou pour une nouvelle, la cambrioleuse-écrivain puisait dans son expérience personnelle et dans les confidences qu'on lui faisait. Gare, à s'épancher auprès d'elle, on risquait de se retrouver couché dans un roman.

Comme elle je mettais à profit mon vécu, mes observations et mes émotions pour les rôles que je jouais. J'eus la confirmation que la création procède ainsi, et son autorisation posthume de continuer, sur son exemple.

Elle m'a surtout fait découvrir le débat intérieur qui préside à l'écriture. Ce n'est pas « quoi » dire, mais « comment » le dire, et « pourquoi » le dire. Elle disait qu'elle détestait écrire. Elle aurait préféré rester dans sa cuisine, éplucher des légumes ou broder un napperon. Mais elle était contrainte à remplir ses pages bleues, avec douleur et entêtement. Elle adorait jouer la comédie, le métier du théâtre lui semblait infiniment plus varié, plus difficile et plus humain que celui d'« écrivailleuse », comme elle se nommait. Mais elle ne pouvait reculer, il fallait qu'elle y retourne et qu'elle aligne les mots, les images, les opinions. Ma situation était différente, mais je me reconnaissais dans cette damnation, l'appel d'une obsédante nécessité de s'adresser aux autres, de s'offrir comme si on était attendu, comme si on était porteur d'un message unique, essentiel et charmeur. Mes tribulations passées s'expliquaient peut-être ainsi. Je briserais mes attaches tant que je n'aurais pas livré ce fardeau qui entravait toutes mes entreprises : ma création. Ma voix. Ma singularité. Ma flamme. Sous quelle forme, je l'ignorais encore. Actrice ? Réalisatrice ? Chanteuse ? Scénariste ? Dramaturge ? Écrivain ? Femme politique ? En tout cas pas seulement femme, épouse, mère ou amante. Car mon erreur avait été de ne pas m'aimer assez pour prendre le risque, pour écouter en moi le résonnement sourd de mes finalités qui protestaient comme un peuple oublié. J'avais accepté qu'on me classe parmi les serviteurs, il était temps que je me rétablisse à la place qui était la mienne : celle d'une artiste, grande ou pas, on verrait plus tard, d'ailleurs cela n'avait pas d'importance. Je suis une lente, je l'ai avoué. J'ai mis quarante ans pour comprendre que je devais me consacrer à moi-même, attitude qui m'avait toujours semblé égoïste.

Mon sexe emboîta le pas sans passion, il était invité à se taire après les années peu concluantes que nous venions de passer. Son destin patinait et le mien dégringolait, tout ce qui redresserait la barre serait bienvenu.

Le travail me permit de m'endetter pour acheter un petit appartement sous les toits dans le 5e. Fabio n'avait pas tout à fait disparu, mais la fougue de nos rapports s'était calmée. J'ai encore fait quelques voyages avec lui, nous avons loué une maison à Positano dont j'ai fait profiter mes amis et mes sœurs, j'essayais d'être le moins souvent possible seule avec lui, afin d'éviter les querelles et les sempiternelles et infernales discussions. Ma vie était ailleurs, j'avais réuni la force de le croire. Je ne le narguais pas avec l'ardeur de mon espoir, mais intérieurement je frétillais d'impatience et de résolutions. L'Italie était derrière moi, et lui aussi.

Un autre événement avait contribué à cette inversion de tendance. Un jour, je reçus à Paris un coup de téléphone d'une ancienne femme de ménage qui avait travaillé chez moi dans mes dernières années de mariage. Elle s'appelait Bruna et je l'aimais beaucoup. Elle était de Parme et avait servi longtemps chez une comtesse très ancien style et m'avait appris un tas de trucs dans l'art de tenir une maison. Comment enlever une tache de fruit qui ne part pas en l'exposant au soleil à travers un trou découpé dans un papier kraft qui recouvre tout le reste du vêtement, comment poncer des verres en cristal un peu ébréchés, comment écrire à un cardinal, ou dégoter l'adresse d'un bottier qui ressemelle à vie les chaussures sur mesure qu'il peaufine. Elle était un puits de science domestique et j'applique encore nombre de ses astuces. Je correspondais quelquefois avec elle, et je ne manquais jamais de lui envoyer des vœux pour sa fête, à laquelle elle tenait beaucoup.

– Comment ça va, *cara* Bruna, quel plaisir de vous entendre ! Qu'est-ce qui me vaut cette surprise ?

– J'ai quelqu'un près de moi qui voudrait vous parler... Je l'ai rencontré dans la rue... Je l'ai reconnu tout de suite, *Dio Mio* qu'il a changé ! Vous ne le reconnaîtr...

La voix d'adolescent que j'entendis au téléphone me fit plier les genoux. C'était Rodolfo. Il était de passage à Rome pour le week-end. Il avait croisé Bruna, l'avait abordée et lui avait demandé si elle savait où me joindre. Elle l'avait emmené chez elle pour qu'ils m'appellent ensemble. J'étais tellement émue que mes dents claquaient. Je lui demandai :

– Où loges-tu ?

– Chez les grands-parents. Papa n'est pas là.

– Tu veux que je vienne ?

J'entendis un silence de gêne, ou de timidité.

– On ne pourra pas se voir longtemps. Cet après-midi...

– Je prends l'avion tout de suite.

Nous fixâmes un rendez-vous dans un jardin public, comme des agents secrets. Une rencontre avec un amoureux n'aurait pas plus fait battre mon cœur. Je ne l'avais pas vu depuis trois ans. Il avait treize ans, il devait être un homme, plus le petit garçon que j'avais en mémoire. Et moi, avais-je changé ? Le miroir me renvoyait une image que j'analysais mal, juvénile d'un côté, vieillie de l'autre. Fatiguée mais pas à plat. Je mis fébrilement une toilette claire et des lunettes fumées et je fonçai à l'aéroport.

Les pins parasols de la Villa Borghese nous connaissaient bien, par le passé nous venions souvent les dimanches après-midi avec la poussette, puis le tricycle, puis le ballon. Je le vis arriver en courant de loin, essoufflé et rougissant. Un beau jeune homme blond aux cheveux ras, exigence de l'austère collège de Salésiens où son père l'avait enfermé à Milan.

Nous nous sommes jetés dans les bras l'un de l'autre en nous embrassant longuement. Je lui caressais les cheveux, le front, les oreilles. On riait. Nous étions proches comme avant, comme si le temps n'était pas passé. Il me raconta sa nouvelle vie, les frictions avec son père, ses difficultés avec les Milanais et avec les curés. J'écoutais passionnément, le cœur serré.

Après un silence, je lui demandai enfin :

– Je vous avais écrit une lettre avant de repartir en France. Papa vous l'a lue ?

– Il nous a dit que tu avais écrit. Mais il ne nous a pas lu ta lettre.

– Il vous a dit ce que je disais ?

– Oui. Il nous a dit que tu ne voulais plus nous voir.

J'eus un hoquet, les larmes inondèrent mon visage. J'étais sans voix.

– Et toi, qu'est-ce que tu as pensé ? balbutiai-je.

– Je ne l'ai pas cru, répondit-il lentement et fermement.

Notre émotion était à son comble, nous nous serrions les mains avec une tendresse immense. Il ne m'avait pas éliminée, il attendait des jours meilleurs avec virilité et retenue. L'amour vaincrait. On ne nous séparerait plus.

Il me raconta ses succès sportifs et sa carrière contrariée de footballeur. Des chasseurs de tête des écoles nationales l'avaient repéré dans sa petite équipe de lycée, ils avaient tenté de convaincre son père de le leur confier, mais Massimo était catégorique, le sport était un milieu de *minus habens*, il n'était pas question que son fils tombe là-dedans. Pour se retrouver à vingt ans dans un club minable de énième division, sans diplômes et sans avenir. Rodolfo n'avait pas le pouvoir de s'opposer à la volonté paternelle, bien que ses études fussent faiblardes et ses aptitudes au foot prometteuses. Je me sentais impuissante devant ce dévoiement, je demeure persuadée que la place de mon fils était dans un monde différent des hommes de sa famille, il aurait trouvé son équilibre dans une équipe sportive de haut niveau. Mais je n'étais pas là pour contrer l'autorité et l'étroitesse de vue de son père. Aurais-je pu infléchir son destin si j'étais restée auprès d'eux ? Cruelle hypothèse qui n'aura jamais de réponse, bien que j'aie des doutes, mon crédit allant diminuant au sein de l'éducation italienne au fur et à mesure que je devais me plier à ses lois.

Je n'eus pas le temps de parler de moi, mais nous savions que rien désormais ne nous empêcherait de nous voir.

Nous nous rencontrâmes en cachette encore une dizaine de fois, je me précipitais à Rome ou à Milan, chaque fois que Rodolfo me faisait signe. Ne pouvant lui faire de cadeaux qui auraient alerté son père, je lui donnais de l'argent avec lequel il améliorait sa condition au collège, des boissons et des glaces en supplément, des cartes de téléphone pour la cabine unique de l'établissement, des livres et des cinémas, et des pourboires aux surveillants pour les autorisations de sortie.

Puis son père découvrit le pot aux roses, il comprit qu'il ne pourrait lutter et il desserra la surveillance policière dont il entourait ses enfants. Je reçus Rodolfo en vacances à Positano, nous retrouvâmes nos habitudes marines et nous en créâmes de nouvelles, autour de la gastronomie, de l'art et de la politique à laquelle il s'éveillait. Son père, jaloux, lui dit un jour : « Tu es amoureux d'elle. » On en riait, mais ces fielleuses piques nous irritaient et creusaient encore le fossé entre lui et nous.

L'amour avait gagné, je n'étais plus orpheline. Un nouveau but se profilait : être une mère pour le futur de ce garçon, et pour toujours. Cette victoire, et mes premiers succès professionnels, dopaient mon moral. Je ne m'étais pas donnée en vain, on me faisait confiance et je commençais à entrevoir les effets de mes bonnes intentions.

Depuis la lumineuse issue de cet interminable tunnel, je suis une optimiste indécrottable. Au bout de la nuit, je crois qu'il y a la lumière.

20.

Ma mère ne comprenait rien à ma vie, elle s'y intéressait pourtant et m'accompagnait quelquefois sur mes tournages en province ou à l'étranger. Au cours des dernières années, elle avait écrit ses Mémoires dans un récit spirituel et imagé qui m'avait émerveillée. Elle n'était pas que ma mère, intelligente et dévouée, elle était aussi une brillante conteuse et un témoin émérite d'une époque révolue. Son destin de déracinée et ses zigzags à travers l'Europe après la Révolution de 1917 étaient du plus haut romanesque. Sa nature franche et sans détour lui avait dicté les mots pour le raconter, avec pudeur et humour. J'étais fière d'elle et je me mis en tête de la faire publier, certaine qu'elle le souhaitait ardemment, au fond d'elle-même.

Le manuscrit circula d'éditeur en éditeur, les réponses étaient toujours élogieuses mais négatives, l'ouvrage n'entrait pas dans les collections, on avait déjà publié beaucoup de recueils de souvenirs écrits par des émigrés russes, tout avait été dit, et le style d'une vieille dame cultivée n'était pas au goût du jour. Elle empilait calmement les lettres de refus dans un dossier, mais ne perdait pas courage. Elle savait qu'elle avait écrit un beau livre.

On me parla d'un éditeur d'origine russe qui pourrait me prêter une oreille intéressée. Il était connu pour son acuité et son intelligence diabolique. Je pris rendez-vous et me lançai à l'assaut de son attention, tout charme dehors. Il ressemblait aux photos des hommes de ma famille, teint clair tirant sur le jaune, yeux enfoncés dans les orbites sous des sourcils broussailleux, cheveux courts, presque ras, impossible d'en deviner la couleur. Il m'écoutait patiemment, je lisais dans son demi-sourire : « Que me raconte-t-elle que je ne sache déjà par cœur, elle croit me bluffer avec ses histoires de princesse russe élevée par quatre gouvernantes, une Anglaise, une Française, une Allemande et une niania ukrainienne, mon grand-père était Chevalier Garde du Tsar et tout le monde s'en fout... » Je m'embourbais, volubile et pathétique. Après un long silence, il me dit de sa voix grave :

– Et vous, écrivez-vous ?

J'ouvris la bouche, estomaquée.

– Ce n'est pas de moi qu'il s'agit, je vous l'ai expliqué. Ma mère a écrit seule, en français. Elle parle huit langues, elle aurait pu écrire en allemand, ou en anglais, ou en roumain...

Je repartis sur le panégyrique de ma mère. Il dit à nouveau :

– Mais vous, quand allez-vous écrire ?

J'étais soufflée, interdite. Que voulait cet homme ? Qu'avait-il reniflé en moi, avec son instinct de détecteur bien connu dans le monde de l'édition ? Si c'était pour me flatter, il était mal tombé, je vantais ma mère, je n'avais qu'un seul but : faire publier son livre. Tout autre résultat serait un échec. Il promit de lire « Blonds étaient les blés d'Ukraine », le rangea d'une manière dégagée dans un tiroir et me raccompagna à la porte en me répétant :

– Songez-y. Vous avez du talent. Je suis à votre disposition si vous souhaitez qu'on en parle.

Les jours passèrent, je n'avais pas de nouvelles. Au bout de quinze jours, je pris mon courage à deux mains et je le rappelai. Il était difficilement joignable, me disait-on. Je comptais laisser un message auprès de la secrétaire. Mais elle me le passa aussitôt. Il me donna rendez-vous le lendemain dans un café de Saint-Germain-des-Prés.

Je le vis debout, il était grand et svelte, il ne m'avait pas paru si élancé dans son bureau, derrière sa table envahie de manuscrits, de dictionnaires et de dossiers. Il portait un élégant chapeau irlandais avec une minuscule plume sur le côté.

Le travail de ma mère lui semblait touchant, mais impubliable. Il faudrait le réécrire entièrement. Il comprenait que je sois attachée à ce texte qui concernait mes origines et la terre de mes ancêtres, mais franchement, qui pouvait s'intéresser à cela ? Un livre, c'est une entreprise, ce n'est pas tout de l'éditer, il faut le distribuer, le promouvoir, lui trouver des accroches commerciales, un public, etc. Il me fit posément un cours sur la difficulté de se frayer une place dans la marée de livres qui sortent chaque semaine, sur la hantise des retours, du pilon et de la mauvaise volonté des libraires qui n'ouvrent même pas les cartons quand il n'y a pas de presse sur un livre.

– Je pourrais donner un coup de main, une mère et sa fille actrice, ça attendrira peut-être...

– Non, gardez vos forces pour vous-même. Vous allez écrire, je le sais. Venez, je vous invite à déjeuner.

Il avait l'empire d'un charmeur de serpents. Je ne lui résistai pas. Pendant tout le déjeuner, il m'entortilla et me décortiqua. J'avais sûrement un sujet en tête pour un roman, ou un récit biographique, ou des nouvelles, ce qui méritait d'éclore. Pour ne pas le décevoir, je lui racontai un scénario que j'avais l'intention de faire écrire, inspiré d'une péripétie de la vie de Martine Carol, drôle et tragique.

– Ne laissez personne écrire cela à votre place. Faites-le vous-même. Vous avez de l'imagination, votre point de vue est original, féminin, inspiré. Croyez-moi, lancez-vous, vous en tirerez un grand plaisir.

Voilà comment cet entremetteur, rabatteur de chair fraîche pour sa maison d'édition, me mit le pied à l'étrier. Une âme d'écrivain sommeille peut-être en tout individu, dans mon cas, elle devint toute-puissante, comme le Djinn échappé de la lampe d'Aladin.

Il était fatal que je tombe amoureuse de mon beau Russe. Banal transfert de psychanalysée à psychanalyste. Il aurait pu être mon père, il en avait les apparences et l'autorité. Il m'impressionnait sans me refroidir. Je retrouvais en lui des attitudes et des raisonnements d'homme blessé qui n'était pas reconnu à sa juste valeur, comme mes parents, contraints de se contenter des postes qu'on voulait bien leur laisser, dans la société française quadrillée de réseaux et de passe-droits. Son intelligence perçante l'avait piloté jusqu'à l'antichambre du pouvoir, sans qu'il puisse y entrer. De Gaulle avait dit de lui, quand on le proposa pour un secrétariat d'État : « Nous ne sommes pas à Kiev. » Refusant de devenir sous-préfet, il avait opté pour l'édition où il s'ennuyait. La politique étrangère demeurait son vrai pôle d'intérêt, avec les secrets d'état-major qui la secouent. Il étudiait furieusement les remous Est-Ouest avec quelques généraux de ses amis, au cours de soirées d'hommes dans des restaurants de banlieue.

Je pensais avoir trouvé un port. Un homme exceptionnel, venu à moi par la filière de nos origines communes, et qui me comprendrait forcément mieux qu'un autre. Seul ennui : il était marié. Sa compagne avait traversé avec lui des moments ingrats, il lui vouait une reconnaissance pugnace et répugnait à la plaquer, bien qu'il fût très amoureux de moi. Je n'avais pas le choix, je devais l'époustoufler. Je m'enfermai pour un mois et je pondis mon premier roman : *La Star*. Il fut admiratif, mais nous reprîmes chaque page, chaque chapitre. Je lui dois les rudiments d'écriture que je n'avais jamais appris et le sens de la construction. Le livre n'est pas excellent, mais il contient les prémices de mon style futur. Nous accomplissions ce travail dans une grande exaltation qui se prolongeait naturellement en sexe.

En réalité je faisais l'amour avec moi-même, je lui offrais mes atours dans un élan de narcissisme effréné. Je voulais qu'il m'aime de toutes les manières : comme écrivain, comme femme, comme fille, comme alliée, comme petite compatriote, comme épouse possible, évidente et indiquée. Je faisais la roue, je le séduisais, je l'enivrais. On me prêtait des robes chez les couturiers, je défilais devant lui avec des toilettes qu'il n'avait jamais vues de près, dans sa sage vie conjugale. Il chancela, mais ne rompit point.

Au bout d'un an, il me rejeta. Il faut dire que mon roman n'avait pas rencontré le succès escompté et que la dépression de sa femme le minait. Il était un peu âgé pour moi, mais je crois que nous avons raté une belle possibilité d'association et d'amour. Je m'efforce de penser qu'il ne m'aimait pas, mais je sais que ce n'est pas vrai. Mon sexe l'a regretté longtemps.

Une belle opportunité se présenta : une pièce de Françoise Sagan filmée pour la télévision, avec

Suzanne Flon et Daniel Gélin. *La robe mauve de Valentine* a pour sujet les amours incestueuses d'un jeune homme et de sa tante Valentine, volage et gâtée comme les Parisiennes de Sagan. Le metteur en scène me soumit un choix de candidats au rôle du jeune amant, pensant, avec délicatesse, qu'il valait mieux qu'il me plaise. On sélectionna deux finalistes sur photo, un brun et un blond, tous deux débutants du même âge. Je les rencontrai. J'hésitais. Le brun paraissait grave, le blond était drôle et empoté. Il me rappelait quelqu'un. Je demandai vingt-quatre heures pour me décider et j'emportai les photos chez moi. En les posant sur mon bureau à côté des photos de Rodolfo, j'eus l'illumination : le blond ressemblait à mon fils ! C'était de bon augure. Il fut engagé.

Dès le premier jour de répétitions, une grande familiarité s'installa entre nous. Il avait un humour à la Dany Kaye et faisait le pitre pour Suzanne et pour moi. Il n'avait encore jamais décroché de rôle important, mais il était très relax. Il avait quinze ans de moins que moi. Nous dînions ensemble après le travail, nous flirtions agréablement en sirotant du bordeaux. Il était bien élevé mais assez ignorant. J'entrepris de parfaire son éducation, dans tous les domaines : les vins, la gastronomie, la littérature, l'histoire. Il s'emparait de mes connaissances, comme un chiot tète sa mère. Tout l'intéressait. Sa curiosité brouillonne était adorable. Il était fantaisiste dans le travail, mais très doué. Je décelais une graine de grand acteur.

Je le protégeais sur le plateau, je l'aidais à préciser son jeu, dans un altruisme de Pygmalion tout à fait nouveau pour moi. J'avais élevé des enfants, jamais un adulte. Il apprenait vite et nous enchantait par sa fraîcheur et son allant. Suzanne, fine mouche, sut avant nous que l'amour allait nous tomber dessus. De baisers de cinéma, nous enchaînions avec des baisers véritables, et un beau soir nous envisageâmes de ne pas nous quitter après le dîner. Suite à des mésaventures immobilières, je campais chez mes amis les Xenakis qui m'avaient prêté une chambre en mezzanine où je ne pouvais pas recevoir. Émilien habitait chez son père. Le plus naturellement du monde nous prîmes une chambre d'hôtel au-dessus du restaurant, pour une seule nuit, peut-être. Nous vécûmes ensemble près de sept ans.

Cette première nuit fut joyeuse et juvénile. J'avais fait l'amour en novice, en amoureuse, en épouse, en amante, en copain, en victime du sexe, en adepte du sexe, en disciple, en coquette, en Dolorosa, que sais-je, je n'avais jamais fait l'amour en riant. Notre fou rire dura toute la nuit, un rire d'allégresse, de libération, une explosion de désir contenu depuis des jours.

Émilien et moi nous abandonnâmes à ce don du Ciel, un amour qui jaillissait avec la vigueur d'une jeune source. Nous n'en finissions pas de nous réjouir, de nous féliciter des beaux jours qui nous attendaient, de notre joli courage anticonformiste que nous montrerions au monde dès le lendemain. Aucun calcul, aucune ruse ne nous a animés tout au long de notre longue union dont je garde un souvenir ensoleillé. Notre séparation était programmée dès le premier « je t'aime », il irait faire sa vie ailleurs, mais ce n'était pas à l'ordre du jour, notre entente méritait qu'on lui accorde du temps.

On voit une incandescence sur nos visages dans ce film, causée par notre bonheur et par les nuits blanches qui nous creusaient les joues et brunissaient nos paupières. Un visage amoureux dégage un léger tremblement, une imprécision que rappellent les portraits impressionnistes. J'étais radieuse, rare. La différence d'âge entre nous se remarquait à peine, au point que le réalisateur souhaita forcer mon maquillage afin de me vieillir un peu. Qui aurait pu imaginer une situation pareille ? J'avais choisi ce garçon parce qu'il ressemblait à mon fils et j'en avais fait mon amant. Le film, là encore, déteignait sur nous. Je bénissais Françoise Sagan, la télévision, mon agent, mon metteur en scène et surtout la Providence qui nous avait propulsés l'un vers l'autre, provocatrice et magnanime.

Les années qui suivirent furent sans ombre. La carrière d'Émilien s'envola, comme je l'avais prédit, je partageais avec émotion ses premières récompenses et ses succès.

Nous vivions ensemble dans l'appartement sous les toits que j'avais enfin fini de décorer. Il découvrit les pâtes, l'ordre dans les placards, les conversations savantes avec mon ami politologue, les échanges avec un scénariste russe, il fréquenta avec moi un cinéaste roumain, un critique américain imbattable cinéphile, des écrivains, des peintres et des commissaires-priseurs. Nous étions un couple spectaculaire, on nous invitait volontiers. Je lisais les pièces et les scénarios qu'on lui proposait, nous en discutions longuement. J'étais la pourvoyeuse des voyages, des vacances en Grèce et des grosses dépenses.

Il commençait à gagner de l'argent et il me fit un cadeau inoubliable.

Cet été-là, il souhaita organiser nos vacances. Ce serait une surprise, je n'aurais à m'occuper de rien, je n'avais qu'à préparer un sac pas trop volumineux d'affaires légères, voire tropicales. Je le voyais affairé, sans cesse au téléphone, loin de moi, pour que je n'entende pas. Que me concoctait-il ? Un voyage en avion privé ? Un safari au cœur de l'Afrique ? Une traversée des États-Unis à moto ? Rien ne transpira. En fait, il connaissait ma passion pour l'œnologie et pour la musique, il avait organisé une tournée de trois semaines à travers la France – grands crus – amis – festivals d'opéras – restaurants trois-étoiles – expositions estivales, en inaugurant une Golf qu'il venait d'acquérir. Il avait élaboré un plan serré de réservations et de nuitées dans les châteaux bordelais ou les maisons de campagne de nos amis, véritable performance pour lui qui était si désorganisé et toujours en retard.

Nous avons réussi à tenir la cadence, à part un doublé de restaurants gastronomiques que nos foies refusèrent. Ce fut une cavalcade, d'un éblouissement à l'autre, d'un coup de théâtre à l'autre. Jusque-là j'avais mis en scène notre cohabitation, j'étais le capitaine et le stratège. En une salve, l'élève dépassait le maître, haut la main. Je me laissai porter, émue et honorée. Aucun homme n'avait voulu me faire plaisir à ce point. Mais un message transparaissait en filigrane : bientôt Émilien volerait de ses propres ailes et n'aurait plus besoin de mes conseils.

Était-ce une réponse à cette évidence, mon ventre me rappela que le chapitre de la maternité n'était pas clos. Il s'était prélassé dans la joie avec Émilien, il me rappelait maintenant aux affaires sérieuses : si nous reprenions la bataille, si nous nous attaquions de nouveau à la forteresse de mon appareil génital... De plus, de nouvelles données étaient intervenues. Une grossesse, même extra-utérine, reste une grossesse. Nous avions été capables de produire un ovule, qui avait été fécondé et qui n'aurait demandé qu'à grandir s'il ne s'était logé n'importe où. Je n'étais donc pas stérile. J'avais dépassé la quarantaine, les techniques de procréation assistée se développaient, s'il restait une chance, il ne fallait pas tarder à la tenter.

J'en parlai à Émilien. Il m'écouta avec sérieux. Je promis que je n'exigerais rien d'autre que ses spermatozoïdes, ni mariage, ni engagement, ni autre fil à la patte. Notre relation était si belle qu'il n'hésita pas à me dire oui.

Nous rencontrâmes un grand spécialiste français de

la fécondation in vitro, qui consentit à faire une tentative, bien que j'aie dépassé la limite d'âge fixée par la loi.

J'étais aux anges. J'ignorais vers quelles épreuves je m'engageais : une intervention à une date clé pour prélever mes ovocytes, l'attente de leur fécondation, un calendrier féroce de piqûres d'hormones, avant, après, pendant, tout le temps, ne pas oublier de prendre ma température tous les matins, une autre intervention pour la pose des ovocytes gagnants, et l'attente, toujours l'attente, tenaillante et interminable.

Il y avait heureusement les éclats de rire avec Émilien au récit des séances de prélèvement de sperme dans une cabine de salle de consultation, avec sa fiole et des journaux pornographiques pour toute compagnie. Il y avait bien mon espoir naissant, ma foi en la médecine de pointe, l'écoute de mon corps qui occupait toute ma vigilance, mais l'ensemble restera dans mon cœur et ma mémoire comme une contrition un tant soit peu artificielle. S'il avait été couronné de succès, ce purgatoire m'aurait sans doute semblé divin, juste souffrance pour atteindre le paradis.

Je fis sept tentatives, toutes échouèrent dès le premier cycle, un seul embryon s'accrocha deux mois puis me quitta dans une fausse couche désespérante. Chagrin ajouté dont je me serais bien passée.

Émilien m'accompagna dans mes déboires avec sensibilité et maturité. Il m'étonnait de jour en jour, et je lui augurais un avenir heureux, une famille et des enfants. Il serait, j'en avais la preuve, un père merveilleux.

Son envol imminent me poussait à revoir ma vie, à regarder autour de moi, à me préparer à la solitude. Des années difficiles s'annonçaient. Mon ventre se repliait tel un animal blessé. On lui avait dit non définitivement. Comment supporter ce point de non-retour ? Qu'adviendrait-il de moi ? Dans l'alternance du soleil et de l'ombre, allions-nous, lui et moi, ne plus sortir de l'ombre ?

Au siècle passé, une femme de quarante-cinq ans, célibataire et sans enfant était une femme morte. Je n'ai pas une nature à me morfondre, mais je ne pouvais travestir les faits : la vie me claquait la porte au nez.

Mon optimisme endémique se craquelait.

Tout ce qui advint par la suite me sidéra. Le bonheur n'est pas celui qu'on nous apprend. Dans sa quête, l'avenir des femmes se redéfinit.

21.

Tout d'abord, il me fallait revisiter mon paysage sentimental. Avec soin. Aucun homme ne s'attacherait puisque je ne serais jamais mère, mais un lien magnifique était noué avec Rodolfo, l'enfant que j'avais élevé, que j'aimais et que le sort m'avait apporté. Ce n'était pas rien. Par les temps flottants qui me guettaient, j'avais besoin d'exprimer mon attachement. Je le rejoignais en Italie, je lui offrais des vacances balnéaires, nous avions nos petits coins préférés, des auberges très simples dans les îles tyrrhéniennes connues des seuls amateurs. Il nageait pendant des heures, je lisais sous les canisses sans le perdre de vue, attablée dans une guinguette les pieds dans l'eau. Pour lui j'étais une distraction, un confort affectif et le plaisir de vivre, que son père prodiguait peu, à part de pantagruéliques repas dans les grands restaurants que Rodolfo, mince et sportif, bannissait. Il venait aussi me voir à Paris, je lui envoyais des billets d'avion pre-paid tarif étudiant, nous allions au cinéma, au théâtre, je l'embarquais avec moi dans mes voyages de presse ou dans les festivals qui ont généralement l'avantage d'être implantés dans des lieux de villégiature : Avoriaz, Cannes, Venise, Deauville. Il avait des allures de tennisman italien, on me félicitait, on nous complimentait, quelle famille, comme il vous ressemble ! Les mêmes yeux, le même sourire. On se marrait, complices et ravis.

En pensant à notre avenir, je me posais la question de notre statut juridique. À présent il était majeur, mais nous avions connu des difficultés pour partager les chambres d'hôtel ou dîner en tête à tête. Depuis mon divorce, il ne portait plus le même nom que moi, sur aucun document il n'était inscrit que nous avions un quelconque lien de parenté. Je passais pour une ravisseuse de mineur. Dans des pays puritains comme l'Amérique profonde ou l'Afrique du Sud, que ferions-nous ? Nous fîmes la démarche de soumettre notre cas à un ami avocat. Quelle procédure pourrions-nous entreprendre pour que nous soyons clairement et définitivement reliés juridiquement et que je puisse sereinement emmener Rodolfo partout avec moi ? Il nous expliqua que mon divorce prononcé aux torts réciproques, sans pension alimentaire – je n'en avais pas réclamé –, rendait la cause épineuse. Il consulta ses bouquins, réfléchit à toute sorte de solutions qui nécessitaient toujours le consentement du père, impensable au vu de l'hostilité qu'il me témoignait encore. Soudain, en se grattant le haut du crâne, il proféra cette énormité :

– Je ne vois qu'une formule, la plus efficace. Que vous vous mariiez.

Nous nous regardâmes, interloqués.

– Tant que vous êtes célibataires tous les deux, poursuivit-il, vous pourriez vous unir avec un contrat de mariage, vous porteriez le même nom, et dans deux ou trois ans vous divorceriez avec un nouveau contrat selon lequel votre époux demeure votre héritier et vice versa. Ce serait radical.

Après la stupeur, nous fûmes saisis d'un rire qui dura plusieurs jours. Évidemment, c'était une formule imparable, les liens du mariage sont solides dans nos sociétés occidentales. Tout repose sur cette institution : la propriété, la transmission des biens, des titres et des identités. Aucune autre association n'est aussi indéfectible.

Nous devions songer à prendre un logement pour Rodolfo à Rome, centre incontournable du métier de comédien qu'il souhaitait affronter. Comment pouvais-je l'aider ? Le problème se posa de nouveau. Les sommes importantes que je devais transférer de France n'avaient aucune justification fiscale, sauf si je prenais l'appartement à mon nom. Rodolfo était en âge d'être chez lui, non plus chez papa ou maman, fût-ce une mère hors normes telle que moi.

Au cours d'un dîner entrecoupé de fous rires, nous penchâmes pour la solution du mariage. Je vivais des concubinages successifs depuis plus de dix ans, je n'entrevoyais aucune éventualité de mariage, et si mon célibat devait trouver là une profitable utilité, je m'en réjouissais. De son côté, Rodolfo se gardait de s'engager avec les nombreuses beautés qui s'accrochaient à son cou, soucieux de son ancrage professionnel et de la liberté qu'exigeait son projet. L'anticonformisme de l'affaire n'était pas pour nous déplaire. Ainsi je pourrais déclarer :

– J'ai épousé mon fils... Titre de roman, lui dis-je, je te promets que je l'écrirai un jour.

Je contemplais ma situation avec recul, médusée. D'une part un amant qui aurait pu être mon fils, de l'autre un fils qui deviendrait un mari, afin de s'assurer qu'il est bien mon fils. Un vrai sujet de théâtre de boulevard, ou de drame moderne, selon la tournure que prendrait cette histoire.

Rodolfo aimait beaucoup Émilien, il le copiait un peu, dans sa façon de s'habiller, dans ses manières enlevées et naturellement comiques.

Un été, le dernier que nous devions passer tous ensemble, je louai une maison dans le Lot pour le mois d'août. Je voulais offrir un lieu élégant et confortable à ma mère qui n'était plus toute jeune, la maison que je n'avais pas les moyens de m'acheter dans une belle région de France. L'ami d'un ami, propriétaire d'un château, louait les dépendances, tout aussi majestueuses que la maison de maître. La piscine en contrebas nous était autorisée à certaines heures. Émilien s'était cassé une cheville pendant un tournage, il devait faire de la rééducation dans l'eau. Rodolfo était curieux de visiter la France et ma mère adorait la compagnie de ces deux beaux garçons. Elle observait nos allées et venues de sa chaise longue et s'amusait de nos amours croisées, sans se choquer le moins du monde. Elle s'étonnait de mes orientations, mais ne portait aucun jugement. Mon bonheur seul comptait, elle voyait que je le répandais et que j'en recevais en échange. Tout au fond d'elle, elle était admirative du peu de concessions aux usages que nous pratiquions goulûment. Elle ne dérogeait pas à ses valeurs d'un autre temps, convaincue qu'elles étaient éternelles, mais acceptait que les êtres et les mœurs changent.

Notre hôte était un gentleman-farmer qui se partageait entre sa propriété du Lot et une activité d'assureur à Paris. Une grosse boîte dont il était l'actionnaire principal et qui lui demandait peu de présence. Il préférait ses champs de blé, ses moutons et la grande bâtisse de famille qu'il retapait et agrandissait. On le voyait souvent sur un tracteur ou une machine agricole nouvellement acquise, par sport plus que par compétence. Ses métayers faisaient le travail. Il était bel homme, le visage bronzé et creusé par d'intéressantes rides dues à la vie au grand air.

On se demandait pourquoi il était resté célibataire. Il était flanqué d'une mère veuve et autoritaire, qui tenait les cordons de la bourse : c'est à elle que je m'acquittai du loyer et du dépôt de garantie, en liquide s'il vous plaît. Par ailleurs, il était amateur de musique et musicien lui-même. Il s'évertuait à faire sonner un basson qui lui résistait de tous ses bois. Les mugissements laborieux des heures d'exercices arrivaient jusqu'à notre bâtiment, de l'autre côté de la grande cour pavée où s'élevait la façade stricte mais lumineuse de ce petit château du XVe, avec ses tours ventrues et ses toits festonnés de génoises.

C'était le moment où nous nous échappions au proche marché du village. Nous étions pianistes dans la famille, les claironnements des instruments à vent irritaient nos tympans. Cela ne s'explique pas, comme les amoureux des chiens détestent les chats et inversement.

Notre voisin mélomane organisait chaque année un concert en plein air et invitait les notables de la région. Il nous invita. Ainsi il ne nous imposait pas le dérangement de la fête. Mes deux sœurs nous avaient rejoints, elles feraient très bonne figure en hôtesses, et ma mère, avec son aisance et son franc-parler souligné d'accent russe, amuserait les invités. Rodolfo et Émilien tourneraient les têtes de ces dames, et moi, avec mes épaules dorées et mes cheveux sans apprêt, je brillerais dans cette assistance empesée.

Notre hôte m'observait depuis un moment. À Paris, déjà, lors du déjeuner où nous conclûmes cette location, j'avais vu poindre son envie de me l'offrir, pourvu que je vienne vraiment. Il désirait mieux me connaître, et de toute évidence je lui plaisais. Il semblait timide avec les femmes mais très décidé dans les autres domaines. Je le séduisais parce que j'étais une femme autonome. Quand il connut ma mère, drôle et directe, il fut encore plus séduit. À l'arrivée d'Émilien, il fut intrigué, mais renforcé dans son espoir que je fusse plus disponible qu'il y paraissait. Il entreprit une cour discrète mais précise dont Émilien s'aperçut. Le jour du concert, je me transformai instinctivement en maîtresse de maison, puisqu'il n'y en avait pas, et notre hôte apprécia mes efforts.

Il faisait encore jour. Nous attendions les invités ensemble sur le perron du château, il me les présentait et je les dirigeais vers mes sœurs qui les accompagnaient dans la cour où les chaises pliantes étaient placées en cercle autour d'un podium.

Je sentis un regard dans ma nuque. Je tournai la tête et saisis les yeux d'Émilien qui me regardait de loin, pensif. Je lui fis un petit signe humoristique pour me moquer de moi-même en châtelaine, mais nous ne fûmes pas dupes. Ce que nous pensions ensemble à la même seconde ne nous échappa pas. Après que le quatuor médiéval eut terminé ses madrigaux, on alluma des flambeaux et les portes du salon s'ouvrirent. Un grand buffet était servi, rivalisant de spécialités de la région : les foies gras, les confits, les cassoulets, les galettes aux truffes et les clafoutis préparés par les cuisinières de la ferme. Le vin de Cahors commençait à me monter à la tête et je sortis prendre l'air de l'autre côté de la maison, sous les tilleuls. J'entendis les feuilles crisser derrière moi. Émilien s'approcha doucement dans l'obscurité et me dit dans un souffle :

– C'est l'homme qu'il te faut. Je vais partir demain. Je dois te laisser seule.

Nous étions si émus que nous étions heureux de ne pas distinguer nos visages dans le noir. Avec une virilité que j'ai peu rencontrée dans mon trajet de femme pourtant attentive à regarder les hommes, il songeait que notre avenir fragile ne l'autorisait pas à me retenir, une opportunité belle et prometteuse se présentait, je devais la cueillir, même si c'était douloureux pour lui.

Nous fîmes l'amour en pleurant, cette nuit-là, nous pressentions que c'était la dernière fois. Le sexe n'avait jamais été fulgurant entre nous, il se para cette fois de l'intensité de notre amour et de nos années heureuses.

Le lendemain, il fit ses valises et partit discrètement sans attiser les larmes. Je sanglotai dans les bras de Rodolfo, mon confident, mon double. Il pleurait autant que moi.

Le soir même mon hôte se déclara. J'étais tourneboulée de ce dénouement rapide et je lui répondis que j'avais besoin de solitude pour réfléchir. Il devait remonter à Paris pour quelques jours, on se verrait à son retour.

N'y tenant plus, je me confiai à ma mère pour la première fois, puisqu'elle avait assisté à toute la comédie. Elle comprenait que mon bel Émilien ne serait pas le compagnon de mes vieux jours, mais elle trouvait Jacques Hubert, notre châtelain, trop sérieux pour moi et passablement âgé. Il était un tantinet conventionnel, effectivement, mais il cumulait deux qualités essentielles : il était bluffé par moi, et il était libre.

À son retour, j'en appris de belles : Émilien l'avait convoqué dans un restaurant, ils avaient déjeuné ensemble en pleurant tous les deux dans leurs assiettes. En substance, il lui avait dit ceci :

– Je vous la cède. Vous la méritez et elle vous mérite. Mais je vous conseille de la rendre heureuse, sinon je vous casse la gueule.

Jacques écrasa une larme en me racontant ce déjeuner. Ce jeune homme fringant et apparemment superficiel l'avait ébloui. Il faisait preuve d'une conscience et d'une clairvoyance qu'on n'aurait pas soupçonnées. Il agissait par amour véritable. Ils s'étaient retrouvés, deux tendres, sur le terrain de la sensibilité et de la chevalerie. C'était encourageant pour notre histoire naissante et pour guérir de mon attachement à Émilien, puisqu'il le fallait.

Hélas ! la suite ne tourna pas du tout comme je l'aurais imaginé. Mon châtelain m'accueillit dans son château et dans son cœur, sans doute, mais pas dans sa chambre à coucher. L'heure de faire connaissance sexuellement n'arrivait jamais. Pendant le reste des vacances, nous nous isolions dans le jardin, il me tenait les mains, m'embrassait les yeux. Il s'approchait de ma personne physique à pas d'escargot. Je prenais cette lenteur pour de la délicatesse envers ma fraîche rupture avec Émilien, et de la pudeur face à ma mère et mes sœurs.

Quand elles repartirent, je restai encore quelques jours seule. Nous dînions, nous parlions, puis nous allions nous coucher, chacun dans sa maison. J'étais probablement une femme trop déliée, trop impudique. Ma mère nous avait fait rire quand je m'étais présentée sans haut de maillot de bain au bord de la piscine. Elle avait lancé, après un silence de grande comédienne :

– Quel décolleté, ma chère !

Ma liberté ne le choquait pas, mais il avait des frayeurs de vieux garçon. Je cherchais à l'amadouer, à le rassurer, sans me dénaturer. Il me savait gré de cette marque de confiance, nous établissions nos rapports au niveau le meilleur, pas de flatterie, pas de mensonge, pas de tricherie. La charte de conduite s'instaure dès le début d'une relation, si on ne veut pas avoir de mauvaises surprises par la suite. Notre comportement d'adultes l'exaltait, il était frémissant d'amour et cela l'inhibait. J'avais entendu parler de ces blocages, et je m'armai de patience. Le retardement était touchant, et dans les bonnes dispositions où je me trouvais, j'y voyais une promesse de bonheur longue durée. Cet homme m'offrait un équilibre et je lui ferais connaître la joie. Échange équitable. Notre rapprochement se fondait sur la raison, la sexualité n'était pas au premier plan. Il n'était pas assez détendu pour qu'on en parle, ni assez intellectuel. L'étude de soi en tant qu'exemple d'humanité est le jeu favori des écrivains. Il ignorait les délices de l'introspection et de la confrontation des expériences, l'initier au dialogue eût été une tâche trop ardue. Je n'étais pas la personne indiquée pour qu'il s'épanche. Un homme de l'art, un psychologue ou un simple médecin nimbé de crédibilité scientifique étaient plus aptes à l'aider. J'espérais seulement qu'il s'attaque au problème avec lucidité, dans l'urgence de notre démarrage.

Cette aventure malheureuse m'a profondément marquée. L'impuissance masculine est un tourment qui laboure l'esprit. Ne pas réussir à pénétrer la femme aimée peut conduire à la folie. J'éprouve une grande compassion rétrospective pour cet homme qui s'est forgé un caractère dur et solitaire, pour vaincre l'obsession de ne pas se sentir un homme à part entière. Quand je compris sa tragédie, je me persuadai que ce n'était pas un drame, que nous vivrions très agréablement comme deux amis proches. Je n'étais pas une femme complète non plus, je lui en parlai, pour le mettre à l'aise. Mais les incidences d'une union sans sexe sont inimaginables. Cette expérience manquait à mes déboires.

Quand, au bout de quelques mois, je fus contrainte d'admettre que les questions sexuelles resteraient taboues pour lui, je me rehaussai de grandeur d'âme et n'y fis plus jamais allusion. J'affichais une bonne humeur tonifiante, on élaborait des projets, des voyages lointains, des fusions de domiciles, des changements de décoration, l'équipement d'une cuisine professionnelle pour mes appétits de chef, des modernisations dans sa façon de s'habiller, la sobriété de la haute couture pour moi, et des réceptions mélangeant ses amis et les miens. On mettait tout en œuvre pour qu'une étourdissante vie sociale recouvre le chagrin de nos nuits. Il était tendre, il me caressait, sa gaucherie se doublait de pointes de violence car il connaissait mal son corps, et pas du tout celui de la femme. Il agissait par ouï-dire, par les copier-coller des journaux pornographiques qu'il fréquentait certainement.

Je devais le guider, le freiner, l'arrêter dans d'inutiles ébats qui ne procuraient aucun plaisir. Il s'échinait, le pauvre, comme sur son basson. Au fur et à mesure qu'il s'enhardissait, la distance entre nous s'agrandissait, au point de susciter mon dégoût. J'aurais préféré qu'il ne fasse rien, que nous nous fréquentions comme deux amis très liés, Henry James et Edith Wharton, Nietzsche et Lou Andreas-Salomé, George Sand et Delacroix.

Ses tentatives de me « contenter » étaient navrantes, elles eurent pour effet de rendre nos soirées intolérables. Je comprenais qu'il souffrait, sa douleur m'inondait et noyait ma propension à la joie de vivre dans une morosité hostile et injuste.

Une de nos dernières nuits, sans doute sous Viagra, il me présenta sa queue gonflée comme une vessie de cornemuse et se jeta sur moi, triomphant et haletant.

Je m'écartai avec horreur, la nausée me retournait l'estomac, je pris la fuite en m'enfermant dans la salle de bains pendant une demi-heure. Quand je revins dans la chambre, il dormait, couché sur le côté, dans la position qui lui écrasait le nez. Je sus qu'il ronflerait toute la nuit.

L'échec était cuisant. J'avais reposé de telles espérances sur cette union senior que je ne m'avouais pas ma défaite. La déception m'humiliait, comment avais-je pu me précipiter dans une pareille traversée ? Comment en étais-je venue à croire que l'amour peut naître d'un accouplement arrangé, qui favorisait finalement Émilien, pour se débarrasser de moi, et mon entourage, pour me voir enfin rentrée dans le rang et richement mariée... Cette nuit-là, mon sexe s'est prononcé en sourdine : on ne l'annulerait pas. Le sexe, fichtre, est un carburant de première nécessité. Si on lui met un couvercle, il se transforme en cocktail Molotov.

22.

Un malheur n'arrive jamais seul. Je traversai une période de disette professionnelle. Malgré les succès passés, la télévision me boudait, et le cinéma des années 80 prenait un tour adolescent où je n'avais guère ma place. Encore trop jeune pour jouer les mères et les grand-mères, je n'avais plus l'âge des amoureuses, du moins aux yeux des cinéastes français.

De temps en temps l'Italie se souvenait de moi, et me rappelait pour une participation dans un téléfilm. J'en profitais pour revoir les amis, et dépenser mes défraiements en fringues pour Rodolfo et pour moi. Puis tout s'arrêta, pendant plus d'un an je n'eus aucune proposition. Je n'avais pas prévu un trou pareil, et je m'endettai. L'argent ne m'a jamais beaucoup intéressée, mais les dettes me mettent dans un état de nervosité et d'anxiété que je ne peux pas contrôler. Je change de caractère, je parle vite en articulant mal, je fais des gestes brusques et je me fâche sans raison. Je comprends très bien qu'on arrive au suicide quand on n'entrevoit plus comment rembourser ses dettes. Je n'en étais pas là, mais rien ne m'assurait que je retrouverais du travail, et je commençais à penser sérieusement à une autre activité. Que savais-je faire qui puisse être rémunéré rapidement ? Un abîme d'absence de diplômes et de connaissances approximatives s'ouvrit devant moi. J'avais beaucoup d'intérêts mais peu de compétences. Je mastique quelques langues étrangères sans en parler une seule parfaitement. Les pièges grammaticaux de l'italien et le vocabulaire anglais me flanquent au tapis. Impossible d'envisager des traductions. En cuisine, à part les pâtes et quelques recettes de ma belle-mère, j'étais une néophyte. Je ne serais pas une critique gastronomique crédible, ni une tenancière de restaurant avertie. J'avais un certain don pour l'immobilier, mais pour vendre, il faut acheter, je n'avais pas le premier sou... La panique grimpait. Je me flagellai dans l'autocritique et le mea culpa, en broyant du noir.

Chaque fois que j'allais mal, je pensais à Fabio. Son image réapparaissait et me hantait. Il était l'homme par qui j'avais frôlé la transcendance. Notre amour s'était écrit avec le sang et la douleur, mais dans la réalité tangible. Ma solitude réprimandait mon exigence : je n'étais pas, somme toute, une femme qui n'avait pas été aimée. Au nom de quoi osais-je refuser ce que le destin me proposait ? Qu'espérais-je ? Des amours de plus en plus belles, de plus en plus intenses, comme un joueur mise perpétuellement sur un numéro inconnu ? Était-ce digne de la chance que j'avais eue, en regard des nombreuses femmes qui n'ont rien connu du tout ? Je m'indignais de mon caprice et rappelai Fabio.

Il vivait une troisième aventure depuis que nous nous étions quittés, chaotique et brûlante comme les précédentes. Il était amoureux, mais j'avais une place à part et il serait toujours disponible pour moi. Nous parlâmes au téléphone pendant deux heures. Les arguties de nos conversations m'apaisaient et ravivaient ma curiosité pour le monde vibrant qui se transforme autour de nous. Je m'annonçai à Naples pour la semaine suivante.

Je vis un homme installé dans le célibat et dans l'égoïsme. Il avait un peu grossi, mais son charme n'avait pas faibli. Je crus que notre entente se rétablissait, vivace comme aux jours passés. Il m'emmena à Ischia, dans un petit hôtel thermal ouvert toute l'année de l'autre côté de l'île. C'était un peu tôt dans la saison, une brise glacée et humide nous cisaillait, impossible de se promener longtemps sur la jetée.

Nous dînâmes, seuls dans une trattoria où la patronne dure d'oreille écoutait la télévision à plein volume. Je racontai librement mes dernières années, avec verve et probité. Fabio s'amusait. Il contribuait à démêler les imbroglios et les énigmes, comme avant. Roué à l'exercice politique de l'analyse des événements, il m'éclairait en quelques phrases, et dégageait la vérité des faits les plus contradictoires. Avec lui, je pouvais tout dire.

Il n'y avait qu'un lit dans notre chambrette, y coucher ensemble était naturel, nous nous étions dévêtus si souvent l'un devant l'autre. Et pourtant je ressentais une petite crispation, que je mis sur le compte de ma coquetterie. Les années avaient passé pour moi aussi, me trouverait-il toujours belle ? Je me glissai pudiquement entre les draps, couverte d'une longue chemise de nuit en pilou. Il se souvenait de ma frilosité et me rejoignit en souriant, nu sous la couverture.

Ce fut un choc. J'avais le corps d'un étranger près de moi. Je ne retrouvai rien, ni le toucher de la peau, ni l'haleine, ni l'odeur des cheveux. Je ne pus supporter ses mains sur mes seins, ni sa bouche, ni le contact de son sexe qui se tendait vers moi. Une autre personne. Un inconnu. Indésirable et intrus. Je me levai et prétendis des maux d'estomac, à cause du vin blanc local que je ne digérais pas. Je sortis sur le balcon et respirai l'air marin. J'étais égarée, affolée. J'avais donc tout perdu. Même mon propre corps.

Je retournai dans la chambre. J'expliquai à Fabio exactement ce que je ressentais. Avec lui la franchise était de rigueur. Notre amour avait péché par trop de franchise, la lumière crue sur nos sentiments nous avait brûlés, mais je garde un souvenir irremplaçable de cette clarté. Je ne conçois plus de relation sans clarté. Sous le phare de la vérité, les vexations s'amenuisent, la dignité de chacun est sauve. Je l'aurais maltraité si je n'avais rien dit.

Il eut des gestes de tendresse et ajouta :

– Tu es peut-être un peu déprimée.

Il avait raison, je surfais sur une vague dépressive depuis des mois. Allais-je sombrer ? Ce vain revenez-y accroissait mon désarroi. Je n'avais que des initiatives foireuses à ce moment, je sais aujourd'hui que c'est le premier signal du dérangement mental où la dépression nous plonge. Quand on se débat, on accumule les gestes malavisés, on s'enfonce et on risque alors de se noyer. Je devais faire la planche, croire en la vertu de l'immobilité et de l'attente. Du fond de mon malaise, je ne voyais plus clair. Attendre ? Attendre quoi ? N'avais-je pas attendu toute ma vie ? L'espoir de jours meilleurs, de solutions définitives, m'avait amenée à ce triste bilan, que je ressassais, déraisonnablement impatiente et sévère avec moi-même.

Fabio tenta de me soulager, avec cœur et indulgence. À mon dépit s'ajoutait la gratitude qui compliquait mon état d'âme et me culpabilisait davantage.

Je repartis plus démolie qu'à l'arrivée, accablée et confuse. Par moments je me dédoublais. Je me regardais m'asseoir sur les banquettes de l'aéroport, sortir mes lunettes de soleil par ce jour gris, cacher mon visage défait et ma tension à fleur de peau. Je m'entendais dire des phrases automatiques aux hôtesses, entamer des bavardages légers avec un passager, rire à tout bout de champ. Étaient-ils aveugles, tous ces gens qui me parlaient, ou faisaient-ils semblant de me traiter comme une personne normale, par politesse, par indifférence, par cécité ? J'ai appris aussi que cette dichotomie est typique de la dépression nerveuse, relents d'une schizophrénie ordinaire. Les germes de toutes les pathologies sont en nous, paranoïa, délire de persécution, psychose, autisme, schizonévrose, maniaquerie dépressive. Tour à tour, les circonstances, les mauvais coups du sort réveillent l'une ou l'autre de ces cordes, au point de nous faire basculer dans une folie temporaire, inopinément. La folie est alléchante, comme le paradis des drogués.

Bref, je n'allais pas bien. Le piège de la dépression est de glisser sur la pente du laisser-aller. Une douceur étrange s'empare de la volonté, on se laisse couler, on se voit s'annihiler sans opposer de résistance, la mort est une tentation, une porte enfin ouverte sur la paix, sur le néant libérateur.

Ma nature solide résistait, je continuais à remuer de l'air et à prendre des engagements pour des dîners ou des premières de théâtre que je décommandais à la dernière minute. Rien ne me paraissait suffisamment important pour que je me fasse violence, les entreprises, autrui, le monde tournoyant et tout ce qui se réalisait autour de moi m'impressionnaient et m'excluaient chaque jour un peu plus. Du moins le pensais-je, persuadée qu'on m'y faisait participer comme spectatrice, juste bonne à applaudir et à congratuler. On m'invitait... parce que mon avis comptait un peu, ou bien parce qu'il fallait occuper les sièges d'une salle de spectacle ou d'un souper de charité entre gens connus, bien habillés, tels les figurants d'un film en costumes ? Mon état d'esprit penchait pour cette probabilité.

Je ne savais pas que les traversées du désert sont peuplées d'observateurs qui vous jaugent et mesurent votre résistance à l'adversité. Si on ne s'écroule pas, la superbe dans la crise sera portée à votre crédit. On entre dans la dimension des carrières à long terme, de la permanence du talent véritable. Les impitoyables pensent que la qualité n'a pas besoin du succès, que bien des têtes politiques éminentes n'ont pas gouverné, que les grands artistes obtiennent la reconnaissance après leur mort et que les poètes ne doivent pas gagner leur vie. J'ai souvent entendu ce raisonnement (chez des gens de droite) : l'art et la culture n'ont pas besoin de ministère, ils existent sans soutien sinon ils ne valent rien.

D'ailleurs, comment se débrouillaient les bâtisseurs de pyramides et de cathédrales, anonymes de surcroît ? À quel autre bonheur prétendaient-ils, sinon celui de s'incliner devant le chef-d'œuvre accompli collectivement, dans l'humilité et la foi ?

Nous devons donc être des surhommes, notre santé doit être à toute épreuve et réjouissons-nous de souffrir, c'est le terreau de la création. Eh bien non, la déclaration des droits de l'homme et de l'artiste est passée par là. Nous voulons porter un nom, que notre travail soit rétribué, et que les lois sociales nous protègent, nous aussi. Nous avons la chance d'avoir un but, une vocation, une ambition autre que celle de gagner de l'argent, mais nous n'aspirons pas pour autant à croupir dans une noble misère.

J'étais très remontée également contre les Assedic, qui refusaient d'inclure les films italiens dans le calcul de mes heures de travail malgré le Marché Commun. J'étais irrémédiablement « en carence » et je ne touchais rien. Contre les agents qui me brossaient un tableau catastrophique de la production alors qu'on n'avait jamais vu autant de films français. Contre mon éditeur, qui ne m'envoyait jamais les comptes d'exploitation de mes livres. Contre ma balance, qui me communiquait des chiffres fâcheux. Contre moi-même, qui avais tout raté, et contre mon sexe, j'aurais mieux aimé naître garçon, la voie des femmes était trop dure. Le vieillissement ne m'inquiétait pas, mais on me le collait à la figure, comme une fin de non-recevoir. Après un certain âge, Madame, voici la liste de tout ce qui n'est pas possible, il vous reste le petit espace non-fumeur, au bout là-bas, on vous passera les menues besognes que les autres ne veulent pas faire, des miettes de l'économie, rude et compétitive, ne vous y frottez pas, vous seriez broyée. Assumez-vous, ne tombez pas malade, faites de la gymnastique et du yoga, vous ne pèserez pas sur la société, ce n'est déjà pas mal.

Ma sexualité dormait, mais ne se rendait pas. À l'âge où j'étais, l'amour et l'eau fraîche ne font plus recette.

Il faut un minimum de moyens pour qu'une vie sexuelle s'épanouisse. Le temps, le silence, l'eau chaude, les parfums, un bon lit, le téléphone... Dans mon isolement, je songeai au couvent. Mon sexe protesta. Il prétendait que le Prozac me ramollissait la cervelle et que seules les mutations fortes nous extirperaient de mon apathie.

Enfin un téléfilm arriva. Ironie du sort, il s'appelait *Si on faisait un bébé* et traitait d'une quadragénaire désireuse d'avoir un enfant, selon les nouvelles méthodes mirifiques qui avaient ranimé ses espérances enfouies depuis dix ans. La réalisatrice, auteur du scénario, ne savait rien de ma situation, elle se battait pour que je sois son héroïne. Étrangeté des fluides irradiant d'une actrice qu'un cinéaste réceptionne. J'étais évidemment la comédienne idéale pour jouer ce rôle. Je ne connaissais pas cette femme, nous sommes devenues très amies par la suite, mais je ne lui ai rien dit pendant le tournage, ni de mes expériences personnelles, ni de ma dépression. Je réussis à tourner, mais je me souviens de moments difficiles, par exemple les scènes où je tenais les bébés dans mes bras ou quand j'ajustais le faux ventre de femme enceinte sous ma robe.

Pour en revenir à mon sexe, il attendait que je me retape. Je dois lui être reconnaissante de ne jamais avoir déclaré forfait, même dans les années de solitude où nous nous trouvions. Il attendait. Et j'étais curieuse de voir ce qu'il attendait. Fabio avait pris ses distances, dans la profession on ne savait pas que j'étais séparée d'Émilien, je gardais le mystère et son nom sur ma boîte aux lettres afin qu'on me laisse en paix. Je travaillais d'arrache-pied sur mon troisième livre de cuisine *Haricots-ci, Haricots-là*, et je passais beaucoup de temps auprès de ma mère, qui avait triomphé chez Pivot avec son livre et fêtait son deux cent millième exemplaire. Une productrice souhaitait en faire un film avec un metteur en scène russe, à la veille de l'ouverture prévisible des frontières.

Ma mère vécut la chute du Mur sans palpitations. Elle disait que les Russes avaient eu ce qu'ils avaient souhaité, et qu'ils avaient aimé le communisme. Si le système s'était révélé une faillite, ils avaient mis du temps pour s'en apercevoir... Elle admirait davantage les Hongrois, les Tchèques et les Chinois qui avaient secoué le joug bien avant eux. Mais elle se réjouissait que le bon sens triomphe et que le stupide culte de la personnalité s'écroule. Je partageais sa clairvoyance, mais je ne pouvais m'empêcher de regretter le rêve communautaire d'un monde plus juste et plus humain. Nous redoutions l'invasion de l'économie sauvage dans ces pays, et de la consommation à outrance chez nous. Tout a déferlé comme prévu, maman n'est plus là pour le voir et c'est mieux ainsi, elle aurait été horripilée par les mauvaises manières qui se répandent.

Je ne lui ai jamais parlé de mes tribulations pour avoir un enfant, ni de ma fatigue nerveuse et psychologique. Elle ne posait pas de question et, avec l'âge, le monde se rétrécissait autour d'elle, elle ne voulait plus qu'on la perturbe avec nos difficultés. Je m'efforçais donc de ne lui procurer que des moments agréables, de bons restaurants, des promenades en voiture, qu'elle adorait, des blitz dans les grands magasins qui la fatiguaient pour acheter un grille-pain, des chaussures ou les cadeaux de Noël pour les filles (mes sœurs). Ces bonnes actions me reposaient de mes angoisses, et je lui en savais gré. Elle grimpait les étages de mon immeuble sans ascenseur et assistait à mes dîners dont elle était la reine. On nous trouvait de la ressemblance et j'en étais fière.

Je me suis souvent posé la question de sa sexualité. Elle était très secrète sur le sujet, mais elle manifestait une curiosité presque indécente pour les histoires de sexe, les homosexuels, les prostituées, le strip-tease et les films pornographiques. Elle avait dû être coquine, avant l'arrivée de papa, à Berlin et à Bucarest quand elle voulait faire du cinéma. Jolie comme Paulette Godard, courtisée par des hommes de tous âges dont elle ne nous parla jamais, mais dont il reste quelques traces sur les photos et dans ses carnets, elle s'était engouffrée dans le mariage à vingt-cinq ans avec un homme de dix-sept ans son aîné, fauché, veuf et père d'un petit garçon qu'elle éleva. Je pense qu'elle avait pris peur de sa liberté, de son tempérament enflammé qui aurait pu lui jouer des tours. Son grand amour pour mon père l'a sauvée. Par rivalité avec nous, elle ne cessait de vanter la réussite de leur couple que nous n'égalerions jamais. Mais elle me surveillait avec un regard bienveillant et curieux, comme si je réalisais, un demi-siècle plus tard, tout ce qu'elle n'avait pas pu mettre en pratique elle-même.

Je me gardais bien de lui dépeindre les embûches et les déceptions qui avaient jalonné ma route. Elle les supposait, j'imagine, elle s'en inquiétait, mais obscurément elle était confiante. Je ne vivrais rien de médiocre et le meilleur était à venir.

Mon gynécologue me concocta un traitement qui devait me conserver un teint de jeune fille et une bonne humeur sexuelle dont j'avais bien besoin. Je ne refuse pas la chimie, nous ne sommes qu'un fourneau qui consume toute sorte de substances, dont le vin blanc auquel j'avais pris goût. Il m'arrivait d'ouvrir une bouteille pour moi seule, mais comme je suis connaisseuse, je ne buvais que des jus délicieux, aux saveurs sincères et non soufrées.

Un soir, sur ma terrasse envahie de plantes et de fleurs, je savourais un de ces nectars dans un joli verre et j'écoutais les étourneaux siffler en tournoyant au-dessus des toits de Paris. Mes deux chats ronronnaient sur mes genoux, les lueurs de la ville remplaçaient petit à petit les derniers rougeoiements du soleil couchant, un orchestre de jazz jouait un air de ma jeunesse pour la Fête de la Musique, au loin. Je n'avais besoin de rien, la nuit tombait, le téléphone ne sonnait pas et j'étais bien.

Mon sexe s'ouvrit, amolli par la chaleur des chats, je relevai ma jupe doucement, comme pour le surprendre, pour ne pas interrompre ce moment de grâce, pour le faire durer. Il m'appelait pour que je le fasse résonner, vibrer de plus en plus fort comme le solo de batterie là-bas. Je glissai un doigt entre ses lèvres, j'entrepris une prospection, une lente reconnaissance des lieux. Je le caressais avec la précision que moi seule connais, je m'allongeais progressivement sur le petit banc où personne ne me voyait, le rythme de mes frottements s'accentua, ma main entière y participait, mes jambes s'écartaient, ma main s'emballait, les pétunias voisins exhalaient leur parfum du soir, et j'eus un orgasme prolongé qui me secoua de petits soubresauts merveilleux qui retombèrent en cascade. Je restai un long moment ainsi, la main contre mon sexe et je compris que j'étais guérie.

23.

Maman nous quitta. Quelques jours auparavant, elle avait dit en russe :

– Je vais mourir bientôt.

Nous sortions de l'école communale où nous avions voté ensemble pour la première fois. Dégoûtée des partis traditionnels, elle donna son bulletin aux Verts, comme moi. Nous fûmes largement battus, mais le cœur y était. La petite marche de chez elle au bureau de vote la fatiguait, elle souhaita une halte sur un banc dans un jardin public au milieu d'une place, et elle dit :

– Bientôt je vais mourir.

Ma sœur et moi fîmes « Bof », elle l'avait répété souvent, et nous pensions qu'elle serait centenaire, dans la belle lucidité de son intelligence. Mais il y avait dans sa voix une sonorité différente, une gravité que je captai.

La disparition d'un parent, le père ou la mère, remet tout l'équilibre d'une famille à plat, et pose pour chacun des questions fondamentales. On ne sait plus qui on est. Pendant des années, on est la fille, le fils, et tout d'un coup, tout remonte d'un cran, comme les horaires de trains des tableaux mécaniques dans les gares. Tout se déplace, on n'est plus sur la même ligne, sur le même quai. Il faut chercher sa voie, on se rapproche du haut, du ciel, et un jour, on disparaîtra, remplacés par les nouveaux trains, les nouvelles générations.

Ma mère est en moi désormais, elle est passée du réel au virtuel, il suffit que je clique pour la retrouver sur l'écran de ma mémoire. Elle m'est utile, précieuse, notre relation a acquis une pureté, une intensité qu'elle n'avait jamais eue, mais dans l'organigramme d'ici-bas, je suis en première ligne, je suis exposée, elle n'est plus là pour me couvrir de son antériorité et de son rôle de mère. J'occupe l'étage « mère » des cercles superposés de l'humanité. Je suis elle, j'ai endossé son uniforme, j'ai sanglé son épée à mon côté. Je suis enrôlée à mon tour.

Je comprends le traumatisme de ma mère qui n'a pas su quand et comment ses parents étaient morts en déportation. N'ayant aucune information, malgré ses tentatives pour percer le coffre-fort qu'était la Russie soviétique, elle s'était persuadée qu'ils avaient péri. Elle ne connut les circonstances et la date de leur décès que des années plus tard. Je pense aux personnes qui n'ont pas vu le corps des défunts, les disparus en mer ou les victimes du 11 Septembre, il est impossible d'entamer le processus du deuil.

J'étais faible, mais le travail de mon inconscient avançait. Le chagrin embrouille les pensées. Je le subissais de plein fouet, je pleurais seule des jours entiers, mais je tenais bon, pour elle, pour l'idée qu'elle se faisait de nous, ses trois filles, héroïnes chacune d'un royaume. J'aurais voulu qu'elle assiste à la suite de mon parcours, les femmes slaves sont tardives, elle l'avait constaté elle-même qui avait publié son best-seller à quatre-vingt-cinq ans. Le plus intéressant pour moi était à venir. Je me plais à imaginer qu'elle me voit, de là où elle est, et qu'elle opine. Je lui dois bien ce dernier acte de mon roman d'amour.

Émilien m'accompagna à l'église et au cimetière, proche et chaleureux. Il était tout juste marié avec une ravissante jeune fille qui ne faisait rien d'autre que d'être sa femme, et la future mère de son premier enfant. J'étais heureuse pour lui, mais j'appréciai qu'il soit présent dans ces moments abominables où les marques d'affection sont indispensables.

Après la frénésie des dernières démarches, le long réajustement commença, me rapprochant de mes sœurs qui adoptèrent un ton conciliant et modéré, simplifiant les partages et les attributions. Le choix de la tombe fut le fruit d'un consensus qui ne contentait ni ne blessait personne, une simple croix de pierre reconstituée, sans inscription ni fioriture. Papa et maman reposent à Sainte-Geneviève-des-Bois, dans le cimetière orthodoxe où j'ai ma place, un emplacement que nous avons acheté quand la concession de cousins lointains sans descendance arrivait à terme.

Toute l'émigration russe d'après 1917 est enterrée là. Des cosaques, des officiers de la Marine impériale, Youssoupoff, Bounine, les grands-ducs et les grandes-duchesses, les princes chauffeurs de taxi et les amiraux joueurs de balalaïka. Et maintenant Noureev et Tarkovski, à leur demande.

On parle toujours du vide que laissent les êtres chers qui s'en vont. Je pense que le vide se rebouche très vite, comme les chairs se recomposent autour d'une blessure, comblant les parties manquantes. Je dirais plutôt que l'irruption de la mort modifie toutes les distances, entre soi et les autres, entre soi et la durée de la vie, entre le déroulement du temps et son emploi, entre ce qu'on veut et ce qu'on n'est pas sûr de vouloir, entre le hasard et la nécessité. Un filtre implacable se dresse devant chaque action, comme un tamis ne retient que les gemmes d'une taille commercialisable. On ne divague plus. On va à l'essentiel. On se recentre. Le départ de ma mère a contribué à ma nouvelle force, à ma concentration et à l'audace de m'affirmer. Je n'ai plus de temps à perdre, si je dois écrire, c'est maintenant, avec persévérance. Il m'arrive de me demander ce qu'elle penserait de ce livre. La pudibonderie n'était pas dans son caractère et je crois que, libérée des entraves de son époque et de son éducation dans le nirvana où son esprit gambade maintenant, elle m'approuve et m'encourage.

Il me semblait qu'une nouvelle vie naissait. J'étais la même, mais les objectifs avaient bougé, mes qualités et mes défauts translataient, appliqués à des désirs focalisés, à la fois plus précis et plus modestes, mais pénétrants. Cela concernait toutes mes aspirations centrales, en éliminant les autres, superflues. L'art, le civisme et l'amour. Je pourrais les énumérer dans un autre sens, mais l'équation reste la même, trois indissociables et complémentaires. En réalité ce sont les trois côtés du triangle sans lesquels je ne vis pas. Quand je réussis dans l'un, je réussis dans les autres également.

Dans ces années-là, j'ai participé à la constitution d'associations, l'une pour reprendre les échanges culturels avec Saint-Pétersbourg, sinistrés depuis la guerre de 1914, l'autre pour aider des hôpitaux russes qui soignent les enfants de Tchernobyl, la troisième pour clamer l'énergie des femmes de cinquante ans, parquées dans une image obsolète datant du siècle passé. On me couronna d'une Légion d'honneur à laquelle je ne m'attendais pas, mais que je ne rejetai pas, pour ma mère, pour la fierté qu'elle en aurait retirée. J'agis, je réagis et je m'engage en notre double nom. Je suis deux fois plus robuste, deux fois plus sélective. Mon humour s'amplifie du sien, mon indépendance s'inspire de sa perspicacité. À nous deux, nous devrions faire des étincelles.

Les temps humains sont hélas ce qu'ils sont. On a beau s'acharner, cravacher, il faut en passer par des transitions qu'on ne peut accélérer, comme la cuisson à feu doux n'est pas remplaçable par la cocotte-minute. Je faisais des ronds concentriques autour de l'écriture, avec un premier recueil de pensées *J'aime pas*, puis mes articles dans le journal *Côté Femme*. Ma vénération pour les auteurs qui formulent à notre place ce que nous pensons intimement me bloquait et me faisait pourtant désirer le statut d'écrivain plus que tout au monde. Il fallait que je me débrouille de cette contradiction, mais j'entrevoyais l'issue du dilemme par le travail et l'humilité. On ne me fermait pas la porte des maisons d'édition, c'était déjà une aubaine, à moi de m'en servir et d'améliorer ma production en poussant la barre chaque fois un peu plus haut.

Sur ces entrefaites, mon sexe prétendit à sa part de gloire.

Le hasard d'une rencontre commande hélas l'assouvissement de ses ambitions. J'avais alors un amant épisodique, un homme très occupé, mitterrandiste jusqu'au cou, qui dirigeait un grand organisme d'État et me consacrait peu de temps. Ma vie sexuelle battait de l'aile.

Je consultai une voyante. Certains de mes amis homosexuels m'en disaient merveille, je mis mon esprit rationnel dans ma poche et préparai les trois cent cinquante francs en vieux billets qui étaient demandés.

Une petite femme effacée m'attendait dans un F2. Je savais qu'elle travaillait bénévolement pour des personnes âgées et qu'elle ne lisait les tarots que selon certaines marées, quand elle avait le fluide, comme les vignerons ne vendangent pas à la pleine lune. Cela m'inspira confiance. Elle recevait dans l'appartement d'une amie, dans un quartier périphérique.

Elle vit aussitôt dans mes cartes un homme noir, il revenait sans cesse, il me faisait du tort, il profitait de moi et ne me donnerait rien. Je reconnus aisément l'homme qui s'était introduit dans ma vie en me faisant miroiter mille promesses d'avenir et dont mon sexe avait à se plaindre, j'étais venue poser des questions à son sujet, et sur l'avenir de notre relation.

La réponse fut nette : cet homme n'était pas pour moi, il me menait en bateau, et plus tôt je m'en débarrasserais mieux ce serait. Mais les cartes disaient autre chose. Un homme arriverait, il était représenté par un roi de cœur, il serait grand, très grand, il m'aimerait et il me permettrait de réaliser mes projets. Je serais pour lui une muse et une solidité dont il avait besoin, puisque tout homme ne se réalise qu'en compagnie de la femme qu'il attend. Il attendait depuis quelques années, il était de tempérament droit et honnête, il me serait fidèle jusqu'au dernier jour.

– Quand rencontrerai-je cet être précieux ? demandai-je aussi sec.

– Ah ça, je ne sais pas. Les cartes donnent le sens, pas le temps. Le temps n'existe pas, c'est une limite et une illusion. Tout est devant nous, le passé, le présent, le futur, tout est inscrit. Peut-être se présentera-t-il bientôt, peut-être pas. Je vous assure qu'il est là, qu'il vous cherche et que vous serez très heureuse. Mais je ne peux pas vous dire quand.

Je partis le cœur léger, si la fonction de cette brave femme était de remonter le moral de ses clients, bravo. Je n'allais pas faire la fine bouche. Elle me prédisait de belles années et l'aboutissement de mes projets. Elle me confirmait surtout que j'aurais le succès dans mes entreprises, sans savoir lesquelles, car je m'étais présentée sous un faux nom. Elle devina cependant que j'étais dans un métier de lettres, le journalisme ou la publicité, dit-elle, ce qui semblait le summum de la création à ses yeux. Elle ajouta que l'argent ne me manquerait pas, avec des hauts et des bas, et cela me rassura.

Je ne dis rien à mon amant des révélations de la voyante, mais il sentit que je prenais du large, et resserra son emprise, sous mes regards narquois. Décidément les hommes n'aiment que ce qu'ils vont perdre, par un balancement entre l'amour-propre épinglé et l'attente du blâme désiré. Petits garçons en mal de fessée, ils filent doux devant les femmes rusées qui ont pigé ce mécanisme. Je suis incapable de me transformer en maîtresse d'école. Mon recul démasquait son masochisme commun, et la banalité de son comportement me déçut.

Il m'envoyait son chauffeur pour m'accompagner

aux aéroports, lui qui ne me raccompagnait jamais, je recevais des fleurs dans ma loge, des visites impromptues après les spectacles. Je travaillais beaucoup, une série pour TF1, *Bel-Ami* au théâtre, un projet d'art de la table avec des assiettes pour les pâtes et des grands plats peints pour moi à Vietri, au sud d'Amalfi.

Mes attaches avec l'Italie, toujours vivantes, réjouissaient Rodolfo, il espérait que j'achèterais un jour une maison en Toscane ou quelque part au bord de la mer où nous nous retrouverions. Il était devenu une star de la télévision grâce à un feuilleton quotidien qu'il tournait depuis trois ans à Naples, et je le voyais moins. Son succès s'ajoutait au bonheur de le voir bientôt mon fils à part entière par la procédure d'adoption que nous avions lancée. La voyante me l'avait pronostiqué, les choses se mettraient en place, une à une.

Mes amis s'étonnaient de me voir chroniquement si mal accompagnée, et mon dynamisme et mes talents de maîtresse de maison si mal payés de retour.

Chez moi il y avait toujours un repas possible, des vins excellents, des confitures maison pour les petits déjeuners, un cadre chaleureux, et ma bonne volonté en prime. Je ne suis pas une paresseuse, j'aime offrir le meilleur à mes convives et à mes amants. Je ne suis pas une pin-up, mais je me maintiens dans la bonne tranche des femmes baisables. Le temps aidant, j'avais fini par croire qu'on n'osait pas m'aborder. La vérité est que je m'habituais sournoisement à la solitude, qui a des charmes infinis. Lire un bon livre à n'importe quelle heure ou danser seule en braillant en même temps que Joe Cocker sont des joies de la solitude. Téléphoner librement, à poil sur le lit, à des personnes importantes tout habillées dans leurs bureaux de pouvoir, en est une autre. Ne pas avoir de témoin à nos petites magouilles quotidiennes, mentir pour s'excuser d'un retard, ou implorer le marchand de bois pour qu'il monte les bûches ce soir même, en disant qu'on est malade, sont des privilèges et des commodités. Les femmes enceintes pointent leur ventre en avant pour qu'on les laisse passer les premières, j'invoquais ma solitude comme un veuvage pour obtenir des faveurs. Dans tout inconvénient il y a des avantages, j'en usais et je m'en amusais. Je m'organisais une vie agréable, remplie de petits plaisirs, en l'absence du vrai bonheur que j'attendais, inlassable Pénélope. Je tissais un drap de lin que je défaisais chaque nuit, pour ne pas me retrouver à la tête d'un trousseau inutilisable dans le temps mesurable qui me restait. Je m'exerçais, en quelque sorte, sachant que les hommes aiment parfaire une femme même déjà faite, la modeler à leur convenance. Mon futur roi de cœur ne devait pas me trouver trop prête, ni trop définie.

Je faisais donc des gammes avec mon fugace haut fonctionnaire qui se prenait pour un ministre. Je l'accompagnais dans les pince-fesses et les garden-parties à l'Élysée, il m'emmenait à l'Opéra où il avait une loge, et le Tout-Paris, qui connaissait le volage, jasait de cette nouvelle candidate à la mortification. Je croisais des regards de femmes élégantes qui me fusillaient, ses maîtresses anciennes ou toujours actuelles, j'étais honteuse de figurer dans les rondes adultères parisiennes, mais je m'en fichais, un jour mon Prince viendrait et me sortirait de tout cela.

Un soir, en arrivant au Théâtre Antoine où je jouais, je trouvai dans ma loge un énorme bouquet de roses roses, avec un billet. J'étais pressée, le coiffeur m'attendait, mon cher Guillaume avec qui j'avais des conversations passionnantes et qui écoutait le feuilleton de ma vie sentimentale avec gourmandise. Il faut dire que je m'employais à le rendre divertissant, bien que certains jours il n'y ait pas de quoi rire. Je pensais que ce bouquet venait de mon amant, qu'avait-il encore à se faire pardonner ?

Quand je fus prête, coiffée, maquillée, corsetée, gantée et bottinée, j'ouvris la carte du bouquet en buvant mon Coca Light, seul breuvage pour se doper avant de jouer. (J'avais tout essayé avec mon ami Pierre Arditi quand nous jouions *L'Éloignement* de Loleh Bellon : le whisky, le cognac, l'eau gazeuse, le café, les jus de fruits, le vin rouge, la vodka. L'affreux Coca avait remporté la palme de durée et d'efficacité.) Un bristol du meilleur papetier annonçait une baronne de L. avec une adresse en Normandie. Une écriture couchée et appliquée dénonçait une personne d'un certain âge. Elle disait ceci :

« Chère Mademoiselle, je serai dans la salle ce soir, je suis impatiente de vous voir, il y a longtemps que je

souhaitais vous contacter, je suis votre carrière depuis des années et j'ai une chose de la plus haute importance à vous demander. Soyez aimable de m'accorder quelques minutes dans votre loge après le spectacle, à moins que vous acceptiez de souper avec moi ? Votre admiratrice et compatriote. Tamara de L.

P.S. Je précise que nous nous sommes connues il y a très longtemps sur mon yacht à Monte-Carlo avec notre amie commune L. Je m'appelais alors Mira Federici, mon mari était un armateur italien. »

Je montrai cette missive à Guillaume. Que me voulait cette femme du monde ? J'avais un rendez-vous avec des copains pour dîner après la représentation, mais je la recevrais en vitesse ici, dès qu'il m'aurait enlevé mon postiche.

De la scène, je ne pouvais m'empêcher de scruter les premiers rangs de spectateurs, les loges et les baignoires, pour identifier ma baronne. Aveuglée par les projecteurs, astigmate comme je suis, je n'arrivais pas à détailler la salle. Je jouai avec une particulière élégance, en parlant fort car je soupçonnais que cette dame n'entendît pas bien, comme nos petits vieux du dimanche après-midi.

Dès qu'elle entra dans le petit salon de ma loge, elle occupa l'espace avec sa corpulence, sa voix forte et ses châles de cachemire enroulés. Elle était accompagnée d'une amie très chic dans un tailleur Chanel historique, aussi menue qu'elle était abondante.

La baronne m'embrassa à la russe, trois fois, elle

manifestait une émotion véritable, tant pour le spectacle qu'elle avait adoré, que de me voir enfin de près. Elle avait certainement été une beauté, dans le genre aventurière. Elle avait un sacré panache et faisait penser à ces héroïnes des romans de Durrell, des courtisanes russes au charme irrésistible. Elle m'expliqua rapidement qu'elle avait eu sept maris, « tous plus riches les uns que les autres », précisa sa copine dans l'embrasure de la porte, plusieurs étaient morts en lui laissant leur fortune ou leurs dettes, selon. Elle riait de toutes ses belles dents blanches qui n'avaient pas l'air fausses.

Voici ce qui m'amène. Elle fit signe à son amie de fermer la porte et s'assit sur le crapaud devant moi.

– Asseyez-vous, chère Macha, quel plaisir de prononcer votre joli prénom russe, comme vous avez bien fait de le conserver.

Elle était chez elle, c'est elle qui me demandait de m'asseoir sur mon propre canapé, je reconnus le sans-gêne de certains Slaves qui nous exaspérait, dans ma famille. Mais elle était rigolote, j'étais curieuse d'entendre ce qu'elle voulait, pourvu que ça ne dure pas trop.

– J'ai eu deux fils de mon deuxième mari américain, ils vivent aux USA et font de brillantes affaires, l'un comme avocat, l'autre dans le commerce avec l'Extrême-Orient. L'aîné est marié, il a plusieurs enfants que je ne vois jamais. Vous savez, moi je vis à la campagne, j'aime beaucoup mon manoir et j'aime la France. C'est à Paris que mes parents ont émigré de Russie, comme les vôtres.

Je la corrigeai, les miens s'étaient établis sur la Côte d'Azur, à Antibes, où ils tiraient le diable par la queue dans une petite propriété horticole...

Mais elle n'écoutait pas, toute à son histoire.

– Mon fils Bobby, donc, le plus jeune, est encore célibataire. À quarante-cinq ans ! Vous vous rendez compte ! Il y a quelques mois, il m'a écrit et m'a priée de lui trouver une jeune fille russe d'un bon milieu, orthodoxe et désireuse de se marier et d'avoir des enfants. Il a fait un retour à la religion de ses grands-parents qui l'ont élevé, car son père ne s'est guère occupé de lui à Detroit, ils ne se sont jamais entendus. J'ai perdu tout contact avec la colonie russe de Paris, je ne connais plus personne, pourriez-vous m'aider, me donner des adresses, le nom de l'évêque de la cathédrale Nevsky rue Daru, des familles qui pratiquent les traditions et qui ont des filles à marier ? C'est assez incongru, ce que je vous demande, mais j'ai pensé que...

Me voici marieuse, entremetteuse pour un Américain un peu allumé, habité d'une idée fixe, qui chargeait sa mère de lui trouver une fiancée. Il était sans doute coincé, ou tordu, ou mal constitué. De toute façon, je m'en foutais, qu'est-ce que j'avais à voir avec ce monsieur, mes liens avec l'émigration russe étaient assez distendus, je lui donnai néanmoins quelques noms de fidèles de l'église, des amies de mes sœurs, le restaurant où il est d'usage de se retrouver après la messe pour manger des pirojki avec une vodka, et je commençai à enfiler mon manteau. Elle me remercia, m'annonça la venue de son olibrius de fils dans quinze jours et m'arracha une promesse de déjeuner avec eux à ce moment-là.

Je me faisais une joie de raconter tout cela à Guillaume le lendemain, on s'était attendus à tout, sauf à une pareille intrigue ! Le monde est plus fantaisiste que le théâtre, j'en avais la preuve tous les jours.

Je raccompagnai ces deux dames par la sortie des artistes, car l'entrée principale était fermée. La baronne m'embrassa encore trois fois, et me signa d'une petite croix sur le front, geste que ma mère me faisait quand j'étais petite, le soir, dans mon lit, avant d'éteindre la lumière.

Les jours passèrent et j'oubliai cette affaire, quand je reçus un nouveau bristol qui me priait à déjeuner un lundi, jour de relâche du théâtre, au restaurant du Ritz. Ça ne m'arrangeait pas du tout, j'avais prévu de faire un jour de régime, de natation et de sauna, c'est-à-dire d'être imprésentable et de reposer ma peau sans maquillage pour quarante-huit heures. Je répondis que j'y serais, mais que j'avais un rendez-vous à deux heures et demie, qu'ils m'excusent, je ne resterais pas longtemps. Je ne fis pas de grands efforts vestimentaires, une veste en tweed sur un pantalon et un col roulé. Quand on joue au théâtre, on a une drôle de tête au civil. On n'arrive pas à mettre au point son visage. On est hybride, approximatif, les traits sont fondus, comme effacés par les démaquillages quotidiens.

Je confiai ma voiture au chasseur, les palaces ont du bon, au moins je ne galérais pas pour garer ma voiture. Dans le hall majestueux aux fauteuils profonds, Tamara m'attendait déjà.

– Macha, douchka, merci, merci d'être là. Bobby arrive tout de suite, il est allé téléphoner.

Je n'eus pas le temps de m'asseoir près d'elle que je vis arriver au loin un géant moustachu avec un immense chapeau texan, qui marchait à grands pas vers nous. Il portait un ensemble tyrolien coûteux et ridicule qui ne manquait pas d'allure sur lui. Son teint clair et ses yeux bleus ajoutaient à son air sain et fraîchement savonné. Il me fit un baisemain dans les meilleures règles et me dit dans un parfait français :

– Mes hommages, Princesse. Je suis honoré de faire votre connaissance.

Il ne ressemblait pas du tout à ce que j'avais imaginé. Sûrement pas homosexuel, il cumulait la sauvagerie américaine et la fougue russe. Ses moustaches retournées et ses lèvres charnues infantilisaient un visage volontaire en harmonie avec sa carrure. Il avait un fort ascendant sur sa mère, qui minaudait comme une petite fille quand elle s'adressait à lui, bien qu'il la vouvoyât et lui témoignât un respect excessif. Avant l'affection, on sentait des liens d'argent et de compromis familiaux entre eux. Nous passâmes dans la salle à manger blanc et or, quelques personnes me reconnurent et je me félicitai d'avoir mis un peu de fard à mes joues.

Je commandai du poisson et des légumes, au moins je ne ferais pas trop d'écarts.

Il me posa des questions sur moi, sur mon travail, sur mon passé. Je répondais poliment, sans approfondir. Puis j'attaquai :

– Comment se fait-il, cher Monsieur, que vous ayez besoin qu'on vous aide pour trouver une épouse ?

– C'est très simple, répondit-il calmement, je sais exactement ce que je veux, mais je sais aussi que je n'ai aucune chance de la rencontrer là où je suis, dans ma vie de voyages et de déplacements constants. Je travaille beaucoup avec la Chine. Savez-vous que là-bas, aucun mariage ne se conclut sans l'intervention d'une marieuse, largement rémunérée ?

Il se pencha vers moi en disant cela. Attendait-il que je lui communique mon prix ? Habitué aux négociations, il m'offrait l'occasion de me prononcer.

– Je vous arrête tout de suite, répliquai-je. Je n'ai aucune compétence de marieuse, et je suis là par amitié pour votre mère, et en souvenir d'une amie chère que nous avons bien connue. Avez-vous su, Madame...

– Tamara, appelez-moi Tamara, s'il vous plaît.

– Et moi Bobby, ajouta son fils.

– Avez-vous su que L. s'est suicidée, il y a quatre ou cinq ans ? On l'a retrouvée dans un petit hôtel d'Asnières. Elle avait pris des médicaments...

– Mon Dieu non, Boje Moï, quelle triste histoire. Elle était si belle.

– Elle avait tout, l'argent, la beauté, des enfants, des amis célèbres. Elle n'était pas heureuse, pourtant. Le bonheur ne se commande pas...

Je remis mon cow-boy à sa place, qu'il n'aille pas croire que chez nous tout s'achète, tout se monnaye, qu'on se trouve une pépée sur catalogue en mettant le prix.

Je remerciai de ce déjeuner somptueux, je lui souhaitais bonne chance, mais je ne pouvais être d'aucune aide, d'autant plus que j'étais une mécréante, je vivais dans le péché et il y avait peu de chance que ça change. Je forçai la dose, mais je n'arrivai pas à le choquer, il me trouvait délicieuse, il riait, je le confortais dans sa conviction que seules les femmes russes ont du caractère, du punch et de la fierté.

– J'aurais grand plaisir à vous revoir, me dit-il d'un ton malicieux. Puis-je vous appeler, vous emmener dîner quelque part ?

– Ben... je joue au théâtre tous les soirs, vous savez. Je suis une esclave ! Et le week-end, je pars me reposer à Deauville, je marche sur la plage, j'ai besoin de m'aérer... Je ne suis pas beaucoup à Paris.

– Puis-je vous conduire à Deauville ? Je ne connais pas du tout cette région. Mon père a fait le Débarquement, je désire visiter la Normandie depuis l'enfance.

– Non, non, ne vous dérangez pas, c'est très gentil. J'ai une petite voiture qui marche très bien.

Que me voulait-il, ce type ? Cherchait-il à se servir de moi, afin de ne pas être un Américain moyen, au milieu d'autres Américains, dans des circuits d'Américains... ? Son attitude me troublait, il était un Martien, sa recherche de bonne femme par agence matrimoniale ou par Internet, et la démarche extravagante de sa mère qui l'avait conduit à moi, relevaient de la science-fiction. Soudain j'eus une illumination. Et si c'était lui, le roi de cœur de ma cartomancienne ? L'homme grand, très grand, que je devais rencontrer de manière inattendue ? J'eus un frisson et je rangeai cette idée derrière ma tête. Mais elle revenait continuellement. Je la chassais, c'était impossible, cet homme cherche une pondeuse, il est déterminé, et même si je lui ai tapé dans l'œil, il me considère comme une amie de sa mère.

Pendant la semaine, je reçus deux ou trois coups de téléphone, je ne m'aperçus pas que le Bobby se renseignait sur mes mouvements à venir, tous invoqués pour l'éloigner et le décourager. Il appelait de chez sa mère, où il venait de se faire installer Internet avec parabole, abonnement américain et réseaux accélérés, en faisant trembler les techniciens du coin et les sociétés d'informatique. Comme nous étions en retard, en France ! C'était le Moyen Âge ici.

Ma fin de semaine d'actrice débutait le dimanche vers 17 heures, après la matinée, jusqu'au mardi soir, pour la représentation du soir. J'avais prévu d'aller respirer à Deauville, j'aime quand elle se vide, après la ruée du week-end. J'adorais mes promenades solitaires, pieds nus sur la plage déserte, absorbée par mes pensées, mes rêves et mes remises en question.

À la sortie du théâtre, avec mon balluchon, je tombe sur un long capot de voiture rouge qui me barre la route. Bobby sort du véhicule, tout sourire.

– Je vous accompagne à Deauville !

J'étais partagée entre la surprise et la déception. L'animal n'allait pas me gâcher mon week-end tellement attendu ? Je déclinai, ma voiture est au parking à côté, excusez-moi, c'est très gentil, mais je préfère. On m'attend. Ne vous dérangez pas.

– C'est bien dommage de laisser une femme comme vous aller seule au bord de la mer.

Je n'avais rien à répondre, et je me tins coite.

– *You are marvelous*, me dit Bobby. C'est vrai que vous êtes plus jeune que bien des jeunes femmes que je connais. Pouvons-nous prendre la route ?

Je m'abandonnai à ma situation. On m'enlevait, je filais sur les autoroutes de France avec un Russo-Américain tout droit sorti du Grand Gatsby.

Arrivés à Deauville, je découvre qu'il a réservé une table pour dîner et une chambre à côté de la mienne. Mufle, mais charmant. Va pour le dîner ce soir. Dans ma baignoire mousseuse, je me bidonnais toute seule. Quelle aventure ! Cet homme frimait devant moi, mais où voulait-il en venir ? Me démontrer qu'il était un bon parti, et que j'accepte de m'occuper de son cas ? Ou bien se roder auprès d'une femme experte, pour apprendre les règles de la courtoisie européenne ? Ou bien tirer un coup, tout simplement ?

J'étais prête à l'asticoter pendant le dîner, j'étais dans une position idéale, je n'étais pas demandeuse et je ne prenais rien de tout cela au sérieux. Un divertissement pour la soirée, en espérant qu'il me fiche la paix demain, j'avais un programme minuté et un scénario à lire le soir.

Avant de souper, il aligna une série de gélules de toutes les couleurs sur la table, et commença à m'expliquer la fonction de chacune. Pour les ongles, pour les enzymes du pancréas, pour les globules rouges, pour la lymphe, pour les cheveux, pour la coordination des organes, pour la mémoire, pour le jet-lag et enfin pour absorber les graisses.

– Je manque d'exercice, dans ce pays, je suis content de venir nager avec vous demain matin, et de faire ma gymnastique. J'ai réservé pour la matinée.

J'étais bouche bée. Il avait planifié son emploi du temps en fonction du mien, sans m'avertir. Je n'arrivais pas à me fâcher, mais je l'épinglai autrement.

– Je me demande si la pure jeune fille que vous cherchez existe encore. Aujourd'hui les filles veulent travailler, se mesurer au monde, aux hommes...

– Je ne cherche plus. Ne cherchez plus. Je l'ai trouvée. C'est vous.

Il plissa ses yeux de cosaque et posa sa main sur la

mienne. Je sentis le rouge monter à mes joues, et une faible transpiration autour de ma bouche. Que disait ce fou ? Il n'attachait pas les mêmes valeurs aux mots que nous, je devais m'empresser de le neutraliser, avant qu'il déborde tout à fait.

– Mon cher Bobby, vous me flattez, mais comment pouvez-vous le savoir en si peu de temps ?

– Dès que je vous ai vue dans le hall du Ritz, j'en ai eu la certitude.

Je me calai sur ma chaise et je bus une gorgée du Pétrus que je lui avais fait découvrir.

– Écoutez-moi bien, mon ami, je suis plus âgée que vous, si, si, de quelques années, j'ai une vie constituée, passionnante, à laquelle je ne renoncerai jamais, et je ne peux pas avoir d'enfants. Il me semble que je ne corresponds absolument pas au portrait-robot de la compagne idéale que vous vous étiez tracé.

– Il n'y a pas de femme idéale, il y a vous. Je vous ai rencontrée et je m'incline devant le destin. Savez-vous qu'un médium à Taiwan m'avait prédit que je rencontrerais une dame de cœur à Paris, qu'elle m'était destinée et que son prénom commencerait par un M ?

Le coup était rude et me fit chanceler. Je ne parlai pas de ma cartomancienne, mais je retournai ma main pour qu'il serre ma paume. Nous nous regardions en souriant, droit dans les yeux. J'avais perdu une part de mon ironie, mais je tâchais d'exercer mon sens critique et ma lucidité avant qu'il ne soit trop tard. Je n'allais pas me laisser séduire par de belles paroles, comme la première gourde venue. Je me défendis encore.

– Bobby, vous dites des bêtises. Nos affinités proviennent de nos origines, de notre besoin commun à la fois de nous en libérer et de ne pas les trahir, qui grandit avec les années. Votre brusque désir de vous en rapprocher vous honore mais je ne crois pas...

– Taisez-vous. Vous ne connaissez pas les femmes américaines, ni les Orientales. Elles sont calculatrices et sûres d'elles, elles ne cherchent pas l'amour mais une sécurité, un portefeuille. Je n'en pouvais plus. Ce qui m'a immédiatement plu chez vous, c'est votre fragilité. Vous êtes d'une autre époque, vous vivez d'amour, vous êtes faite pour l'amour.

Il était fortiche, le bougre. Il savait comment faire flancher une femme, avec ses airs de picador du Far-West. J'avais entendu des histoires hallucinantes de femmes américaines exigeant un nombre d'orgasmes avant de faire l'amour avec un homme pour la première fois, de procès pour harcèlement en tout genre, et je croyais volontiers en notre douceur du Vieux Continent, comparée à leur furie vengeresse. Une voix sournoise disait au fond de moi : « N'es-tu pas devenue trop compliquée, trop méfiante, à force de fréquenter des indécis, des impuissants et des égoïstes, incapables de prendre position, au nom de leurs doutes existentiels et du qu'en dira-t-on ? Un homme, un vrai, se comporte comme celui-ci, sans atermoiements ni excuses idéologiques. Laisse-toi aller, pour une fois, ne tire pas la charrue, il prend les décisions naturellement, dans sa fonction d'homme, responsable et carré. »

Nous n'échangeâmes pas un baiser, il m'accompagna à la porte de ma chambre et me chuchota :

– Je n'attends pas une réponse tout de suite, mais sachez que je ne suis pas loin, et que je vous attends, dorogaïa, c'est le seul mot russe dont je me souviens. Je le parlais, quand j'étais petit, puis les études en Ohio m'ont tout fait oublier. Je compte sur vous pour me le réapprendre.

– Mon russe est infect, mon cher dorogoï. Je crains que vous n'alliez de déception en déception avec moi !

La porte se ferma avec le « cloc » des serrures de cuivre.

Comment devais-je prendre ce qui venait de m'arriver ? Tout rejeter en bloc, par sagesse et prudence, ou ne pas fermer la porte à l'imprévu ?

Je fus réveillée par le petit déjeuner que Bobby n'avait pas oublié de commander, et par un coup de téléphone sur l'appareil de la chambre.

– *Good morning, my darling.* Je vous signale qu'une petite porte sépare nos deux chambres, si vous l'ouvriez, nous pourrions prendre le petit déjeuner ensemble.

Il était gonflé, rien n'est plus intime que de boire le café du matin en compagnie, mais je me levai comme un automate, entraînée par sa voix joyeuse et décidée. Je n'étais pas habituée à ce type de personnalité. J'ouvris la porte tandis qu'il ouvrait la sienne de son côté. J'avais eu le temps d'enfiler un peignoir en éponge, il portait le même, brodé au nom de l'hôtel, et nous éclatâmes de rire comme deux gamins.

La journée se déroula à l'enseigne de la camaraderie et du grand air. Après la piscine, les massages et la gym pour lui, nous nous promenâmes sur la plage en nous tenant la main. Il se rappelait un film de sa jeunesse, un film français très connu, qui se passait sur cette plage. *Un homme et une femme*, c'est cela, il l'avait vu en français à l'université, il avait pleuré. Je n'entrepris pas de lui démolir ses références culturelles, nos opinions étaient si éloignées qu'on ne pouvait pas engager de discussion. Voilà un homme avec lequel je ne m'écharperais pas sur les idées. Une bouffée d'air frais s'engouffrait dans mon cœur et dans ma tête.

Il avait un appétit d'ogre, nous déjeunâmes aux Vapeurs en terrasse, sous un soleil anémique ragaillardi par les colonnes chauffantes extérieures. Il me parla de ses activités, il vendait des installations très sophistiquées aux Chinois et aux Coréens. Il était sur le point de conclure un énorme marché avec les Français.

Nous rentrâmes à pied à l'hôtel, ma tête tournait et mes paupières se fermaient du sommeil de la digestion en cours. La porte était restée ouverte entre nos chambres, je n'osai la fermer. Je m'allongeai sur mon lit, il vint s'allonger près de moi, et nous nous endormîmes comme deux buveurs de bière sur un talus dans un tableau de Bruegel. L'eau de la piscine obturait mon nez, je ronflai comme un soudard.

Nous nous réveillâmes à 9 heures, il me fit l'amour paisiblement, il m'écrasait de tout son corps, son sexe était différent de tous ceux que j'avais accueillis, long et courbé. Il n'était pas débutant, ni bégueule, loin de là. Mes inquiétudes volèrent en éclats : les étoiles m'envoyaient un homme à ma taille, un spécimen nouveau, et s'il était celui que j'attendais depuis toujours, je m'étais vivement trompée dans mes choix jusqu'ici. Mon sexe trouvait cet homme à sa convenance, sans ambages. À moi de gérer cette affaire, et de ne pas la compromettre, cette fois-ci.

Nous dînâmes légèrement dans la chambre en regardant la télévision, comme un vieux couple. Il donna quelques coups de téléphone en anglais et en chinois qu'il parlait couramment. Il demanda s'il pouvait dire à sa mère que nous étions ensemble. Je consentis. J'entendis les cris de joie de Tamara au téléphone, elle voulut me parler, elle était enchantée, elle n'osait pas espérer, etc. Elle nous invita chez elle pour le week-end suivant. Intérieurement je me dis : une famille de zinzins, c'est clair, mais haut en couleur, généreux et originaux face aux Français engoncés dans leur cartésianisme.

De toute façon, j'étais cuite, je ne me défilerais pas, j'irais jusqu'au bout, je recevrais ce nouvel arrivage dans mon panorama d'amoureuse.

24.

Les yeux de Guillaume papillotèrent quand je lui relatai par le menu mon week-end à Deauville. Bobby partait pour Londres le lendemain et je ne le reverrais pas avant dimanche prochain.

Ma semaine fut légère et froufroutante. Je ressortis de mes placards les robes de mousseline d'il y a dix ans et mes talons hauts, et je rangeai mes chasubles de Kenzo avec mes chaussures de curé que les de L., mère et fils, n'aimeraient sûrement pas.

La nature humaine est bien conçue : j'éprouvais une sorte de brûlure, une hâte du lendemain comme s'il fallait déguster rapidement ce soufflé susceptible de retomber dans de brefs délais. Si je m'étais raisonnée, j'aurais gâché la flamboyance de ces événements inusuels. Je ne faisais pas de réels calculs pour l'avenir, je me laissais bercer par les espérances, je défiais la réalité et je légitimais les illusions.

Le dimanche arriva après une semaine de tendresses gracieuses au téléphone. Je me rendis à la campagne. Bobby était rentré la veille.

Jolie maison normande avec des colombages et un moulin sur un cours d'eau plus bas. L'humidité devait imprégner les murs, les rhumatismes de la baronne s'expliquent, me dis-je.

Un feu de cheminée crépitait dans le salon aux teintes pastel, typiques de la décoration bourgeoise des années 60. Rideaux de velours jaune pâle légèrement défraîchis, tissus aux murs et fourrure sur les canapés. L'ensemble était accueillant et reflétait une grandeur passée et une pauvreté intellectuelle flagrante. Quelques gravures de Leonor Fini, un portrait de la maîtresse de maison par Van Dongen, une lettre manuscrite de Colette, dans la bibliothèque de faux dos de livres s'ouvraient sur un bar et une étagère pour la télévision.

Un appartement nous était réservé à l'étage de la grange aménagée en salon d'été, encombré de chaises longues, de tables de ping-pong et d'un barbecue roulant.

J'étais intégrée dans cette cellule familiale, comme si j'y avais toujours vécu. Les Russes ont le secret de l'hospitalité simple et chaleureuse. Tamara me rappelait ma mère, en moins distinguée.

La nuit fut courte car nous nous réveillâmes plusieurs fois pour faire l'amour. Il était classique dans ses actes, mais puissant et efficace. Je ne m'en plaignais pas. J'avais bien besoin de cette cure de jouvence et de droiture. Le lit n'était pas grand et je m'aperçus combien les habitudes de solitude m'avaient gagnée. Je dormais d'un œil, j'ai d'ailleurs vécu toute cette période dans une demi-veille, soucieuse de ne pas perdre une miette de ce qui se passait.

Je présentai ma famille adoptive à mes sœurs, qui se laissèrent traiter dans un grand restaurant mais demeurèrent circonspectes et altières. Les renseignements sur les parents de la baronne n'étaient pas d'une grande clarté. Le grand-père, militaire de carrière, n'avait pas d'activité connue, et la mère faisait des travaux de couture dans le faubourg Saint-Martin. Je rappelai que notre père, tout prince qu'il était, avait été liftier aux Galeries Lafayette de Nice et que notre mère, pour joindre les deux bouts à Paris, fut standardiste dans un hôtel et bibliothécaire dans une paroisse anglicane.

Je ne cherchais pas à narguer mes vénérables sœurs, ni à les assurer de mon bonheur, dont elles se fichaient, je me divertissais de mes assemblages explosifs, spectatrice et farceuse. Je me régalais du prolongement opportun du théâtre fin de siècle que je jouais tous les soirs, cocotte en scène, coquette à la ville avec mon soupirant. Plus il étalait ses manières de nouveau riche, plus je lui manifestais mon soutien, en guettant la réaction de mes sœurs. Il ne venait jamais à Paris, il détestait les villes, et pour me voir enfin au théâtre, il fit ouvrir une loge pour lui tout seul car il était claustrophobe.

Son apparition dans les couloirs du théâtre avec son grand chapeau et ses moustaches relevées fit sensation. Guillaume et moi, on se pinçait.

Un beau jour prévisible, mon beau roi de pique disparut. Il partit pour Los Angeles, puis Hong Kong, puis plus de traces pendant deux mois. Sa mère et lui s'étaient disputés férocement avant son départ et elle n'avait pas de nouvelles non plus. J'appris qu'il existait une femme quelque part qu'il ne souhaitait pas épouser. Mais ils étaient associés. Rien ne m'étonna, ni ne me chagrina.

Je repris ma vie de travail. Un programme serré de tournages et de théâtre d'été s'annonçait, j'étais prête à l'affronter, regonflée par mon pouvoir de séduction. Je revis mon haut fonctionnaire, hors sexe. Cela nous arrangeait tous les deux. Je ne lui racontai rien, nous n'étions pas assez amis pour qu'il s'en amuse, et pas assez amants pour qu'il en ait de la peine. Le flou qui régnait entre nous perdurerait. C'était très bien comme ça. J'avais d'autres choses à vivre, mon roi de cœur viendrait, j'en étais sûre. Je m'y étais préparée par ce galop d'essai qui ne m'avait fait ni bien ni mal, seulement dérouillée et secouée. J'étais en pleine forme physique et j'avais bien l'intention de l'offrir à un homme qui en vaudrait la peine.

Quelques mois plus tard, le cow-boy revint en France. Il m'appela, comme si de rien n'était. Je le rencontrai dans un salon de thé hors de Paris. Il me parut lourd et sans panache. Le charme était rompu et je lui dis adieu sans la moindre émotion.

25.

Nous avions des comptes à nous rendre, mon sexe et moi. Je devais analyser mon saut dans le vide avec un hurluberlu qui n'aurait pas abusé une nonne, mais il devait m'expliquer sa docilité, et sa désinvolture ensuite à se débarrasser du sexe de Bobby auquel il avait semblé s'attacher. Assoiffée par la liaison aride que m'avait imposée mon amant précédent, je couvais une fringale de sentimentalisme, fût-il d'opérette. Ça pouvait se comprendre, et se pardonner. D'habitude mon sexe était plus adulte que moi. Je m'enflammais, mais pas lui. Je fonçais, mais il restait sur la réserve. Quelle mouche l'avait donc piqué, pour qu'il se gondole et se gargarise voluptueusement avec Bobby ? Était-il retombé en enfance, ou n'avais-je pas mesuré les blessures que lui avait infligées Jacques-Hubert, mon épisodique secrétaire d'État, et, plus en amont, nos ingrates fécondations in vitro ?

L'explication de nos comportements s'imposa : nous avions besoin de reprendre confiance en nous-mêmes, chacun à sa manière, et nous voulions nous réconcilier avec la vie qui nous avait passablement malmenés. L'irruption d'un modèle primaire de virilité, sous un habillage excentrique et romanesque, gommait le souvenir des lâchetés et les déceptions que les hommes nous avaient laissé. L'intermède sexuel que nous nous étions offert sans hésitation était un signe de santé retrouvée. Elle nous débloquait et nous régénérait en remettant le compteur à zéro. Il fallait repartir depuis le début, recommencer l'adolescence, la puberté, pour faire le lit d'un grand amour, qui arriverait. En attendant, mon sexe avait eu besoin d'un peu d'exercice, sans complexe et sans menace. J'eus pitié de lui, tout d'un coup, et je me promis que nous ferions bon ménage désormais, dans la concertation et la tolérance. Il n'était pas né pour être un invincible héros, il était déjà bien brave de ne pas s'être braqué, blindé, renfrogné, névrosé. Il restait pimpant, et Bobby, avec ses compliments au premier degré, le trouvait très joli. Il disait :

– Vous avez le sexe d'une petite fille, tout rose.

Je ne sais pas comment sont les sexes des femmes de mon âge, mais j'imagine que les chairs s'étirent et se froncent, comme les visages. Les maternités ne doivent pas arranger les choses, un petit avantage qui me revient. Au toucher, mon sexe n'avait pas changé. Quelques poils du pubis blanchissaient, ma grande cicatrice transversale s'estompait, je pouvais prétendre à la nudité sans honte. Mais la rigueur s'empare de l'âge sans qu'on le veuille. Chaque signe d'intimité, d'abandon, prend une importance, un sens qui est l'héritage de tous les gestes qu'on a faits par le passé. Le cœur perd de son élasticité, on a des pudeurs, des isolements, parce qu'on a perdu la crédulité, l'innocence. Par quel phénomène avais-je gardé ma capacité de donner sa chance à ce qui se présente à moi ? Comment avais-je conservé la faculté de ne pas être blasée ? Le pessimisme d'il y a quelque temps avait complètement disparu. Je fêtais mes cinquante ans et il me semblait qu'ils me proposaient un programme nouveau. Je comprends l'expression : « Faire peau neuve. » La vie recommençait, sous une autre forme. Je ne devais plus pleurer, le bonheur était à ma porte. L'affaire Bobby et mon indifférence à la critique en étaient le coup d'envoi. J'étais libre, j'avais l'assurance de ma glorieuse survie, et je croyais mordicus que le bien gagne sur le mal. Je le crois toujours. Une mutation s'était produite.

C'est difficile à décrire, mais je dois essayer de le faire. C'est comme si j'avais passé un cap. Je transforme tous les faits en bienfaits, la négativité ne m'atteint plus, elle glisse sur moi, elle n'entre pas, elle se volatilise comme une mauvaise odeur. Sainteté des grands pécheurs repentis ? Non. Joie. Envie de vivre dans la joie, d'exalter le bon côté des choses, d'ignorer les misères. Pas en se mettant des œillères, mais au contraire en s'ouvrant davantage, en créditant les événements du merveilleux et de l'unique qu'ils contiennent. Je vous assure que je n'ai fait aucun travail sur moi pour arriver à cela, c'est venu tout seul, avec ces fameux cinquante ans qui m'ont fait si peur, pendant des décennies. Des petites portes s'étaient fermées pour qu'une grande porte s'ouvre, une voie royale vers mon indépendance et mon invincibilité. Les prochaines années seraient les plus belles, ma voyante avait raison.

Ni ma solitude, ni mon fiasco avec Bobby, avec le sous-ministre, et avec tous les autres ne m'affectaient. J'avais emporté le meilleur d'eux avec moi, je m'en étais enrichie, renforcée. Ils croyaient m'avoir exploitée, négligée, par orgueil masculin, par distraction ou par vice, tandis que je les avais cambriolés, je leur avais volé leur moelle, leur sève. Je n'avais rien perdu, rien gâché. J'avais cru en eux, je les avais portés au pinacle, ma bonne foi se remboursait, grossissant mon avoir sentimental de tout l'amour qu'ils n'étaient pas parvenus à me rendre. Mes hommes n'avaient pas saisi qu'ils étaient un prétexte. C'était mon engagement qui ennoblissait nos relations. À la limite, ils étaient interchangeables, tandis que ma volonté ne l'est pas. Certes je ne m'étais pas entichée de n'importe qui. Je choisissais. Mais l'éventail de mes attirances est large, il exprime mon éclectisme et ma curiosité. Ce fut le luxe que je me suis offert, tout au long de mon cheminement. J'en payais le prix, j'étonnais et je dérangeais peut-être, mais à la longue j'étais respectée. Je pense que tous les hommes que j'ai côtoyés ont gardé un souvenir clair de moi, même ceux qui m'en ont voulu.

Ils ne peuvent pas me reprocher d'avoir menti ou d'avoir agi par intérêt. Ils m'ont fait grimper jusqu'au sommet où je me trouve aujourd'hui, ils ont été les piolets qui m'ont soutenue dans l'ascension, un crampon après l'autre, qu'ils ne s'en offusquent pas. Je les remercie globalement, je les ai aimés, je me suis donnée au-delà de mes possibilités, je ne suis pas en dette vis-à-vis d'eux.

J'étais vivante, et je pouvais tout attendre de l'avenir. Je n'étais pas loin de l'immortalité, le chagrin était mesquin face à mon ambition. La rancœur n'était pas digne de moi. Ceux qui sont déjà à ce niveau de conscience me comprendront. Ceux qui n'y sont pas encore doivent me croire : tout se recompose un jour, tout se somme, tout fusionne, le bon et le mauvais qu'on a vécu se confondent au profit d'un état nouveau, d'un bien-être inéluctable : la jubilation.

Ma paix intérieure transparaissait probablement car on me proposait des rôles de femmes clémentes et charitables, un médecin ancienne victime de la Shoah dans le feuilleton *Tramontane*, une mère courage qui se sacrifie pour offrir ses yeux à son fils aveugle dans *Le Don*, une malade du cancer qui réconforte ses amis et ne perd pas son humour dans *Le crabe sur la banquette arrière*. J'entendais les garçons des équipes de cinéma dire entre eux : « Elle est belle, même en malade, même sans maquillage. » On me traitait avec la même déférence, la même attention qu'on doit aux vrais malades. J'étais flattée et récompensée.

Quelques accrocs de santé, un poignet cassé, un genou foulé, une allergie cutanée indéfinissable, des crises de foie me rappelaient quelquefois ma solitude qui perdurait. J'ai des amis fidèles qui ne m'ont jamais laissé tomber. Mon roi de cœur ne serait peut-être pas un infirmier valeureux, ni un volontaire à l'assistance, me disais-je. L'amour ne peut pas se charger de toutes les corvées. Mais je ne rêvais plus d'un homme qui serait mon père, ma mère, mon confesseur et ma nounou. J'avais fait le ménage dans le fatras des idées fausses, je connaîtrais l'amour pur, dégagé de toute utilité sociale ou matérielle, ou rien.

Les histoires d'amour ont toujours un début inoubliable.

Mon roi de cœur arriva dans un feu d'artifice, sous les gerbes lumineuses qui retombaient sur nos têtes comme des grains de riz à un mariage.

Je m'étais rendue à un week-end de promotion d'une marque de champagne, sans enthousiasme car je déteste ce genre de manifestation. J'avais des raisons d'être aimable avec les organisateurs, ils animaient simultanément un salon du livre et m'avaient traitée avec beaucoup de considération. Tous ceux qui favorisent mes désirs d'écrivain me sont chers Il n'est pas aisé de combattre ma notoriété d'actrice auprès des journalistes et du milieu très étanche de la coterie littéraire parisienne. Pour le dîner d'inauguration, j'avais donc fait l'effort d'une tenue habillée, du coiffeur et de l'air policé des soirs de gala. À y repenser, j'étais mue par une énergie particulière, aiguillonnée par Cupidon sans doute. Jean-Claude Brialy officiait avec son art incomparable de Monsieur Loyal, il faisait les tables et me plaça près de lui. Il harponna un grand et beau garçon dégingandé pour le mettre à ma droite. Un jeune homme évasif qui semblait s'ennuyer et qui se demandait ce qu'il faisait là. J'eus de la sympathie pour son égarement et je lui fis confidence du mien. La conversation s'engagea aussitôt sur la philosophie, la science, et leurs implications dans l'art contemporain. Il avait des convictions qui le distinguaient des opinions courantes et de l'humanisme à la mode. Sa ferveur, son refus de la banalité, m'intrigua et me toucha. Nous nous regardions à la lumière des chandelles, mais nos mots nous entraînaient au-delà, vers l'intérieur de nos âmes. Son désir d'échapper à la futilité et d'engager un débat intense dans cette ambiance de kermesse dénotait la fougue de sa jeunesse, bien que le ton de sa voix fût posé et profond. Il avait un langage d'homme éduqué qui tranchait nettement avec la vulgarité et l'imprécision environnantes. Il parlait avec sérieux et concentration, entièrement consacré à moi. Il me rappelait le personnage de Treplev dans *La Mouette* de Tchekhov, le fils d'Arkadina, qui traite durement sa mère, actrice célèbre, de rétrograde et de décadente, de complice du crime bourgeois alors que la Révolution les appelle, dans l'art comme dans la société.

Je ne sais plus de quoi il voulait me convaincre, mais il y mettait toute sa force. Il buvait peu et ne mangeait presque pas, j'appris plus tard qu'il était végétarien et que les repas officiels étaient un enfer pour lui, avec les salades au magret fumé, les gigots et les pommes de terre aux lardons. Il se rabattait sur les fromages et les desserts, dont il était friand. Nous nous isolâmes dans notre tête-à-tête et je fus incorrecte avec mes autres voisins, auxquels je tournai le dos pendant tout le dîner.

Dans le parc, un feu d'artifice nous attendait. Nous nous avouâmes que nous ne les aimions pas, mais nous nous sommes levés pour suivre les autres. Quand une table se défait, on se sépare généralement des convives qu'on s'est coltinés pendant tout le repas, prisonniers d'une place assignée, pour aller enfin parler à d'autres, ne serait-ce qu'un instant. Cela ne nous vint pas à l'esprit. Nous marchâmes lentement, côte à côte, jusqu'au bassin derrière lequel les artificiers avaient placé leurs salves, pour maintenir une distance de sécurité et pour que les cascades de feu se reflètent dans l'eau.

Il se posta dans mon dos. Il était grand, très grand, je sentais sa présence comme un bouclier contre les commentaires stupides de la foule. Nous étions seuls au monde. En me penchant en arrière pour regarder le ciel, je posai ma tête sur son épaule, et je sus que c'était lui.

Je ne veux pas le dire trop fort parce qu'il est à côté de moi, je ne voudrais pas qu'il m'entende. La tranquille certitude qui nous habite n'a pas besoin d'être criée sur les toits. Cette première nuit, nous aurions pu la passer ensemble, mais nous ne voulions pas forcer le sort, et nous n'étions pas pressés.

Je regagnai mon hôtel, il était logé dans un autre, nous nous sommes salués sans un mot, certains de nous revoir. Je m'aperçus que je ne savais rien de lui, pas même son nom.

Le lendemain, un grand déjeuner vigneron nous réunit encore, plus confus. Il fallait se servir à un buffet paysan et nous n'avions pas assez faim pour faire la queue, une assiette à la main, au milieu des viticulteurs échauffés. Il avait froid, je déroulai l'écharpe qui était autour de mon cou et je la lui donnai.

– Vous pouvez la garder, dis-je sans difficulté.

J'avais envie de lui faire un cadeau, pour la soirée magique, pour son regard grave et son absence de sourires mécaniques qui me reposaient de la flatterie mondaine. Nous avons échangé nos adresses, et la suite n'est pas très importante. Il fallut quelques semaines pour que nous nous disions ce que nous avions à nous dire. Nous avons fait durer les étapes successives de la naissance d'un amour, non par doute, mais au contraire par sérénité et par gourmandise, pour distiller les moments exquis de la découverte.

Je partis tourner un film à Rome, il voyageait pour le Centre d'Art dont il était directeur, nous nous révélions au compte-gouttes, avec une sagacité homéopathique. Nous avons mis quelque temps avant de nous tutoyer, bien après que nous eûmes fait l'amour pour la première fois.

Je dois vous raconter ce prodige. Je n'ai pas toujours pu compter sur mon désir, ni sur ma sensualité, je vous en ai fait l'aveu avec la franchise que cet ouvrage me dicte. Un frisson d'inquiétude me parcourt chaque fois que je vais faire l'amour, j'appréhende les dispositions de mon sexe, je ne suis pas maîtresse quand c'est à lui de jouer. Mon roi de cœur doit penser que j'ai manqué d'amour physique dans ma vie. Je n'ai jamais eu de défaillance avec lui. Le plaisir monte inexorablement et je ne puis retenir mes orgasmes, car j'en ai régulièrement plusieurs. Je m'abandonne, je me délecte, je vole au-dessus de notre couche, immatérielle et lucide à la fois. Je fais l'amour et je me vois faire l'amour, aux délices de mes sensations se marie l'approbation de mon intellect qui s'implique et me dédouane. Je n'ai jamais connu cela. Mes expériences passées sont loin, perdues aux confins de ma mémoire. Annulées, enterrées. Mon sexe apaisé m'émeut par sa fidélité et sa vélocité à exprimer son contentement, aboutissement de tant d'années de recherche.

C'est lui qui a commandé ce livre. Une femme aspire à réussir la vie de son sexe en même temps que la sienne. La sexualité inquiète et obsède. Il suffit de voir combien on en parle, on y fait allusion, on essaye d'en rire. Elle reste un mystère. On a peur de la rater, de passer à côté. Il faut de la liberté intérieure pour se lancer dans les expériences, mais je suis fermement convaincue que la frustration est pire que la déception. Quand la vie fait un signe, il faut la suivre. Il faut aller voir. On prend des risques, on fait des erreurs. Mais on ne regrette que ce qu'on n'a pas tenté.

Pour ma part, je me suis posé beaucoup de questions. J'ai compté sur ma bonne étoile, sur ma capacité à me régénérer. En chemin, j'ai appris à me connaître, et à cibler mes espoirs. La sexualité, ça se travaille, comme le bonheur, dont elle est une composante centrale.

Beaucoup de femmes se reconnaîtront ici. On n'apprivoise pas son corps en un jour. On ne démêle pas facilement la vérité dans l'embrouillamini des valeurs transmises, qui sont grossières et s'adressent au plus grand nombre. Il faut du temps pour déchiffrer ce qui nous convient, il faut des ratures et des digressions pour qu'une ligne se dégage, par élimination. Les femmes qui s'en sortent, qui trouvent leur équilibre personnel, sont toujours étonnantes. Elles osent. Elles font preuve d'audace et de ténacité, elles défient leur époque et souvent leur milieu et leurs familles.

Aujourd'hui, je ne scandalise plus personne, parce que nous avons gagné. Les femmes ont enfin droit à la joie, quel que soit le chemin qu'elles choisissent. Notre envolée est sans retour, les retardataires nous rejoignent une à une, confortées par les succès des pionnières.

La plénitude de mon sexe ne souffrait pas que je me taise plus longtemps. Pour lui, pour moi, pour toutes les femmes qui m'écoutent et qui m'observent, puisque j'ai la vocation de me dévoiler. Je vois arriver un monde sans limites, fruit de nos peines et de nos hardiesses, où nous continuerons à nous unir, éperdument. Pour le meilleur et pour le pire. Pour que le meilleur l'emporte.

DU MÊME AUTEUR

Aux Éditions Albin Michel

LOVE. BABA

PATATI ET PATATA, TROIS PETITS TOURS ET PUIS ÇA VA

Chez d'autres éditeurs

LE JOURNAL D'UNE FEMME MARIÉE, Denoël

LA STAR, Grasset

JOYEUSES PÂTES, Robert Laffont

MOI, J'EN RIZ, Robert Laffont

J'AIME PAS, Cherche Midi Éditeur

HARICOTS-CI, HARICOTS-LÀ, Robert Laffont

La composition de cet ouvrage
a été réalisée par I.G.S. Charente Photogravure,
à l'Isle-d'Espagnac,
l'impression et le brochage ont été effectués
sur presse Cameron dans les ateliers
de Bussière Camedan Imprimeries
à Saint-Amand-Montrond (Cher),
pour le compte des Éditions Albin Michel.

Achevé d'imprimer en avril 2003.
N° d'édition : 21766. N° d'impression : 031861/4.
Dépôt légal : mars 2003.
Imprimé en France